光文社文庫

文庫書下ろし／長編時代小説

盗人奉行お助け組

吉田雄《ゆう》亮《すけ》

KOBUNSHA

この作品は光文社文庫のために書下ろされました。

目次

絡《から》繰《くり》之《の》壱《いち》

一

聞き覚えある声だった。

吹き荒れる風と叩きつけるように降り注ぐ雨の音にかき消されて、よく聞こえない。

牢番《ろうばん》は首を傾《かし》げた。

迷っている。

どこのどなたか、と問い直すには、恐《おそ》れおおい相手だったからだ。

番傘《ばんがさ》をさしているのか、傘に当たる雨音が、にわかに大きくなった。雨が激しくなったのだろう。

聞こえなかったふりをして、声の主が、いま一度、声をかけてくるのを待つのが、この際、もっとも無難な手立て。そう腹をくった牢番は、表戸《おもてど》のそばで聞き耳を立てた。

そのとき……。

いきなり、表戸が叩かれた。腰高障子《こしだかしようじ》がきしむほどの荒々しい叩き方だった。数度つづいた後、再び、声がかかった。

「右京亮《うきようのすけ》じゃ、急ぎの用、早く戸を開けい」

急ぎの用というわりには、世間話でもしているような口調だった。

「右京亮さま、でございますか」

「そうじゃ」

「右京亮さま、と申されますと、まさか、あの、新任の」

「右京亮じゃ」

表戸の外に立つ人物は、再び、名を名乗った。

右京亮といえば、つい五日ほど前、江戸北町奉行として赴任してきた早川《はやかわ》右京亮に違いない。とっさに牢番は、そう判断した。

登城のために北町奉行所を出ていくときと下城してもどってきた折りに、右京亮は駕籠《かご》のなかから、必ず門番にねぎらいのことばをかけた。牢屋の前を箒《ほうき》で掃《は》いているときなどに通りかかった行列に向かって跪《ひざまず》き、頭を垂れて、牢番は何度も右京亮の声を聞いている。その右京亮の声に、外から呼びかける声は酷似《こくじ》していた。

粗相《そそう》があってはならぬ。このまま待たせては、雨のなか、北町奉行を待たせるとは無礼千万、と咎《とが》められるかもしれない。横紙破り、変わり者、山師旗本《やましはたもと》、と、とかくの噂のある早川右京亮さまのこと、いわれのない難癖《なんくせ》をつけられて落ち度をつくりあげられる恐れもある。牢番は大いに焦った。

「直《ただ》ちに」

あわてて表戸を開けた牢番に声をかけることもなく、右京亮は牢屋に入ってきた。傘を閉じて、壁にたてかける。

振り向いた右京亮を見て、牢番は訝《いぶか》しげな表情を浮かべた。右京亮は強盗頭巾《がんどうずきん》をかぶっていた。鉄紺色《てっこんいろ》の小袖《こそで》を着流している。

北町奉行所の表門を入ってすぐ、左手にある囚人置場《しゅうじんおきば》とも呼ばれている牢屋の隣には、牢屋同心詰所がある。牢屋は、白州《しらす》に引き出して調べる、未決の咎人《とがにん》を留め置く場所であった。

日頃は、牢屋同心が牢番に声をかけ、咎人を連れ出していく。それが、この日は北町奉行が自ら出向いてきた。

不寝番《ねずばん》の牢屋同心には、牢屋に行くことを告げてきたのだろう。出で立ちも、着流しの忍び姿である。御奉行が強盗頭巾をかぶっているのは、お忍びでやってきたことを、周りの者たちに知らしめるためのものに違いない。牢番は、そう判断した。

もっとも牢番にしてみれば、右京亮が強盗頭巾をかぶっていなくても、顔を見ただけでは右京亮かどうか見分けはつかなかった。ほんの二度ほど、遠目で右京亮の姿を見かけただけだったからだ。

腰をかがめて牢番が声をかけた。

「急ぎの用とは、どのようなことでございますか」

「無用《むよう》の伝吉《でんきち》という咎人に訊《き》きたいことがあるのだ」

「無用の伝吉といえば、御奉行様の久松町《ひさまつちよう》の御屋敷に忍び入った盗人《ぬすつと》。直々《じきじき》のお取り調べで」

「そうだ。屋敷に忍び入ったのを取り押さえ、留め置くのも面倒と北町奉行所へ引き立ててきたのだが、所内の帳面蔵《ちようめんぐら》に蔵してある捕物書に当たってみたら、無用の伝吉は、盗みはすれど非道はせず、を貫いた大盗人ということがわかった。そうなると、にわかに伝吉に興が湧いてな。なにゆえ、おれの屋敷に盗みに入ったか、そのわけを知りたくなったのだ。公の場である白州では訊けぬ、あくまでも、おれだけの調べ事、それゆえ、このような忍び姿でやってきた。牢のなかに入り、伝吉と膝詰《ひざづ》めで話をしてみたい。鍵を用意してくれ」

「承知しました」

牢番が表戸脇にある牢番詰所に入り、壁にかかっていた鍵のひとつを手にした。

そんな牢番を無言で右京亮が見つめている。

出てきた牢番が頭を下げ、

「伝吉の牢はこちらでございます」

先に立って歩きだした。右京亮がつづく。

一番奥の牢に無用の伝吉は入れられていた。

足音に気づいたのか、眼をこすりながら起き上がって、伝吉が顔を向けた。眠っていたのだろう。

「無用の伝吉、御奉行直々のお調べだ。牢格子のそばまで来い」

横柄な口調で牢番が告げた。

伝吉が上目づかいに見やって、面倒くさそうに舌を鳴らした。

「早くしろ」

声を荒《あら》らげた牢番に、渋々立ち上がった伝吉が、のろのろと牢格子に歩み寄った。

牢格子すれすれに顔を寄せて伝吉が声を上げた。

「控えるのは、ここらへんでよろしゅうございますか」

馬鹿丁寧な物言いだった。ふたりの顔を見ようともしない。

「一文句ありそうだな、伝吉。痛いめにあいたいか」

眼を尖《とが》らせた牢番のことばを遮るように右京亮が下知《げじ》した。

「牢の錠《じょう》を開けい」

「わかりました」

膝を折って牢番が鍵を鍵穴に差し込んだ。

錠を開ける。

「戸を開けるのだ」

「直ちに」

立ち上がって牢番が戸を開けた。

振り向いて問いかけた。

「なかに入られるので」

その瞬間……。

痛烈な右京亮の当て身が、牢番の腹に食い込んでいた。

低く呻《うめ》いて牢番が崩れ落ちた。

牢番を見向きもせずに、右京亮が伝吉を見据えた。

驚愕《きょうがく》に眼を見開いて伝吉が訊いた。

「何のつもりでえ」

「一人働きの大盗人と評判の無用の伝吉を、牢破りさせるためにやってきた」

「何を企《たくら》んでいる。牢から出して、あっしに何をやらせる気だ」

「早く出ろ。無駄話をする気はない」

「出ねえ、といったら、どうする」

「こうするだけだ」

いきなり右京亮が大刀を抜いた。伝吉の鼻先に大刀を突きつける。

「てめえ、殺す気か」

「成り行きで、そうなるかもしれぬ」

さらに刀の切《き》っ先《さき》を伝吉に近づけた。伝吉が膝で後退《あとじさ》った。

「身を引いても無駄だ。いつでも牢のなかに踏み入ることができる」

戸の前に右京亮が躰《からだ》を寄せた。

苦笑いを浮かべて、伝吉がいった。

「何が何でも、あっしに牢抜けをさせようという魂胆だね」

「そうだ。抗《あらが》えば斬る」

「どうやら本気のようだ。あっしに何をさせる気か知らねえが、引き受けるかどうかは話を聞いてから、ということでよけりゃ、お薦めの牢破りにお付き合いしやしょう」

「それでよい」

「乗れない話ということになれば、あっしは死に物狂い、知恵を振り絞って逃げる算段をしやすが、それも呑《の》み込んでいただけるので」

「おもしろい、知恵くらべなら、おれも所望《しょもう》だ。早く出ろ」

「それでは牢抜けさせていただきやす」

牢から出てきた伝吉に右京亮が、

「牢番の半纏《はんてん》をはぎとって着込むのだ。おれは、寝ずの番をしている、もうひとりの牢番に峰打ちをくれ、しばらくの間、騒がぬようにしておく。表戸の前で待て」

いうなり右京亮が背中を向けた。

牢番の半纏を着込んだ伝吉が表戸の前に行くと、すでに右京亮は待っていた。

牢番詰所を伝吉がのぞくと、牢番がひとり、気を失って土間に倒れている。

「菅笠《すげがさ》と桐油合羽《きりゆがっぱ》をとってこい。牢番詰所の壁にかかっている」

うなずいた伝吉が牢番詰所に入っていき、菅笠をかぶり丸合羽《まるがっぱ》を身につけて出てきた。

「さすがに無用の伝吉、手際がいいな」

揶揄《やゆ》した口調で右京亮がいった。

「牢破りの仕上げの時だ。冗談は抜きにしやしょう。牢番役のあっしが先導をつとめやすぜ」

表戸を開けて、伝吉が足を踏み出した。

傘を手にとり、開いた右京亮が、後ろ手で戸を閉めて伝吉につづいた。

二

滝のように降りつづけた雨が、明け方に止《や》み、前夜の雨が嘘《うそ》のように、雲一つない、澄み切った青空が広がっている。

千代田《ちよだ》城から下城してきた右京亮は、用部屋で与力、松崎勇三郎《まつざきゆうざぶろう》と向かい合って座《ざ》していた。松崎は、捕物上手の切れ者、と評判の、同役からも一目置かれる与力であった。細《ほそ》面《おもて》、大きめで鋭い切れ長の眼。高い鷲鼻《わしばな》が、ただでも剣呑《けんのん》にみえる顔を、近寄りがたいまでに強めていた。

大柄で、がっしりした体軀の右京亮は、目、鼻、口など顔の造形がすべて大作りで、荒《あら》事《ごと》を十八番とする歌舞伎役者を彷彿《ほうふつ》とさせる風貌の持ち主だった。

眼を通していた調べ書から右京亮が顔を上げ、前に置いたのを見届けて、それまで黙然《もくねん》と見つめていた松崎が、待ちかねたように口を開いた。

「御奉行、昨夜、御奉行の屋敷に盗みに入り、捕らえられた無用の伝吉が牢破りしたこと、耳に入っておりますか」

「千代田のお城よりもどって内与力の三好《みよし》から聞いた。右京亮と名乗った強盗頭巾をかぶった武士が、無用の伝吉を牢抜けさせたということだが、右京亮と申さば、わしと同じ名、驚き入った話だ」

「無用の伝吉の仲間とおぼしき右京亮と名乗った痴れ者《しれもの》の声が、御奉行の声によく似ていたと当て身をくらった牢番がいっておりましたが」

「そのこと、どうにも解せぬのだ。おそらく、強盗頭巾めが、わしの声色《こわいろ》を真似たのであろう。だとすると、その強盗頭巾は、わしと何度もことばを交わした者ということになる。が、わしには、そのような悪さをする知り合いなど心当たりがないのだ」

「しかし、無用の伝吉を牢抜けさせた曲者《くせもの》がいたのは紛《まぎ》れもない事実。牢を破られたは北町奉行所の面子《メンツ》にかかわること、強盗頭巾と無用の伝吉を草の根分けても探しだし、捕縛《ほばく》する。この一事しか、北町奉行所の面目を保つ手立てはありませぬ」

ことばをきった松崎勇三郎が、探る眼で右京亮を見据え、話しつづけた。

「御奉行は、昨夜、お出かけになられましたな。朝帰りされたと門番がいっておりました。

どこへ行かれたのでございますか」

にやり、として右京亮が応じた。

「これは大変なことになった。捕物上手の切れ者と噂の高い与力、松崎勇三郎に疑いの眼を向けられるとは、恐れ入った、いやはや、実に恐れ入ったことだ」

悪餓鬼《わるがき》がいたずらを仕掛けるような顔つきになって、右京亮が両手を揃え、松崎に向かって差し出した。

「疑いをかけるからには、それなりの証《あかし》もあってのことだろう。わしはおとなしく縛《ばく》につくぞ。さ、縄をかけてくれ」

「いや、それは、そのようなことは、できませぬ。する気もありませぬ。私は、ただ、昨夜、どこに出かけられたか、お訊きしたかっただけのこと、疑念など抱いておりませぬ」

「ほんとうか」

「嘘偽《うそいつわ》りは申しませぬ。証など何ひとつありませぬ。ただ、昨夜どこにおられたか、訊きたいとおもっただけでございます。他意はありませぬ」

「そうか、他意はないか。だがな、松崎」

じっと見つめた右京亮の眼光が鋭い。

「何でございますか」

問いかけた松崎をじっと見つめて右京亮が応えた。

「おまえの黒目がちな細い眼、それが問題だな。その眼で見据えられると、さながら蛇に睨《にら》まれた蛙《かえる》みたいに、たいがいの者が身をすくませるのではないかな。わしも、躰《からだ》が震え出しそうになったほどだ。よいか、そんな眼で、真面目に働いている町人たちを見つめてはならぬぞ。とくに女、子供には気をつけろ。睨《ね》めつけられた子供が、引きつけを起こすかもしれぬからな」

「それは」

といいかけて松崎は口を噤《つぐ》んだ。右京亮が、どこまで本気で、どこまで揶揄する気でいるのか、判じかねていた。

前に置いた調べ書に、右京亮が、再び手をのばした。

手にした調べ書を開いた右京亮が、

「この調べ書、わしには、どうにも、よく、わからぬのだ」

「私が配下の同心とともに探索した三件の辻斬りにかかわる調べ書に、何か不審がありましたか」

「ある」

「いかに御奉行のおことばとはいえ、聞き捨てるわけにはいきませぬ。私の調べに不審など、あるはずが」

「ないとは、いわせぬ。十日の間に起きた三件の辻斬り。斬られた三人の身元は記してあるが、その暮らしぶり、近所の評判などについての記述がない。これでは、調べが不十分だといわれても仕方がないのではないかな」

「三人とも酒好き、遊び好きの独り者。遊びの金欲しさに働いている、毒にも薬にもならぬ連中でございます」

「毒にも薬にもならぬ連中か。だからといって、調べの手を抜いてはならぬ。今一度、斬られた三人のこと、調べ直せ。どこの誰と親しいとか、呑み仲間、遊び仲間、馴染《なじ》みの女はいるのかなど、身辺をくわしく調べるのだ。わしの納得のいく調べ書を、一日も早く読ませてくれ」

「調べ直しでございますか。多忙を極めております。たかが町人が三人ていど斬られただけのこと、調べ直しなど、とてもできませぬ」

ぽん、と松崎の前に調べ書を投げ置いた右京亮が、

「話は終わった。下がってよい。調べ書を待っているぞ」

いうなり、隣の控えの間に向かって呼びかけた。

「三好、出かける。着替えの小袖《こそで》と編笠《あみがさ》を用意してくれ」

隣室との境の戸襖《とぶすま》が開けられ、三好小六《ころく》が顔をのぞかせた。

「支度《したく》は、とっくにできております」

笑いかけた三好の傍らに置かれた漆塗《うるし》りの衣装箱に、畳んだ紫紺《しこん》の小袖が、その上には編笠がのせてあった。三好は右京亮が北町奉行に就任したときに連れてきた、早川家の家来であった。右京亮と同じ年格好の三十半ばだが、その相貌《そうぼう》はまるっきり違っている。丸顔で垂れ目、鼻も低い。顔のすべてが小作りで、これといった特徴のない顔つきだった。それでいて、どことなく人の良さそうな感じがするのは、顔も躰もぽっちゃりしていて、赤子《あかご》が、そのまま大人《おとな》になったかのような雰囲気が、躰全体から醸《かも》しだされているせいだろう。

一瞥《いちべつ》もせずに右京亮が立ち上がった。主の去った上座へ向かって、松崎が深々と頭を下げた。

三

両国橋の東詰《ひがしづめ》にある、本所の国豊山無縁寺回向院《こくぶざんむえんじえこう》は、明暦《めいれき》三年（一六五七）一月十八日に発生し、江戸の大半を焼いた明暦の大火の焼死者を弔うために創建された、無縁仏の回向を主旨とする寺院であった。

その回向院の裏手、元町にある板屋根、片扉の木戸門の前に、編笠をかぶった右京亮の姿があった。

板塀で敷地を囲った建家は、どこかの小金持ちの隠居所にみえた。が、木戸門の門柱には、その屋の造りとはおよそ不似合いの、

〈一刀流《いっとうりゅう》　樋口作次郎《ひぐちさくじろう》修行場〉

と墨痕《ぼっこん》太く書かれた、岸辺に流れ着いた朽《く》ち木をひろってきて削ったとおもわれる、古びた看板が掲げてあった。

編笠の端を持ち上げて看板を見やった右京亮が、苦笑いして独りごちた。

「作次郎め、道場と記せば、強くなりたい一心の町人のひとりぐらい、弟子にしてくれ、と迷い込むかもしれぬのに、商い下手めが。剣客《けんきゃく》は、死ぬまで武者修行中の身。それがわからぬとは、まだまだ修行が足りぬ。ま、真面目一本で融通の利かぬ、そのあたりが作次郎のいいところだがな」

楽しげに笑った右京亮が片扉の門を開けて、足を踏み入れた。

土間から板敷《いたじき》の間となり、その奥に六畳の畳敷が二間ある。その畳の間の、庭に面した

座敷で右京亮と無用の伝吉は向き合って坐っていた。樋口作次郎は、ふたりに背中を向けて庭に目線を注いでいる。大刀を左脇に置いて、いつでも抜刀《ばっとう》できるよう備えているところをみると、見張りをしているのだろう。

二十代半ば、のばした髪を後ろで結《ゆ》わえた総髪の髪型、色黒で太い眉、切れ長の眼には優しげな光が宿っている。粗末な木綿の小袖、袴《はかま》に身を包んでいるにもかかわらず、作次郎が引き締まった筋骨逞《たくま》しい体軀の持ち主であることが、一目見ただけで、すぐにわかった。作次郎が、日々の錬磨《れんま》を怠っていない証でもあった。

ちらり、と作次郎が横目で背後のふたりの様子をうかがった。

腕をさすりながら、無用の伝吉が声を上げた。

「お助け組の仲間になれ、と仰有《おっしゃ》るんで」

「そうだ」

応じた右京亮に、

「しかし、いきなり、お助け組をつくった、仲間になれといわれても、お助け組が何をやる一味かもわからねえのに、わかりやした、仲間になりやしょう、とはいえませんぜ」

そこで、ことばをきった伝吉が、真正面から見つめなおして、つづけた。

「牢で姿を見かけてすぐに、強盗頭巾をかぶってはいなさるが正真正銘の北町奉行、早川右京亮さまだとわかりやした。なにしろ、いままで忍び込んで一度も気づかれたことのないあっしを、いくら寝間に忍び入ったとはいえ、いともあっさりと引っ捕らえた相手ですからね。殿さまのことは、忘れようにも忘れられませんや」

「殿さまと呼ぶのは、やめてくれ。仲間になろうというのに殿さまはなかろう。旗本というのが、すぐにばれてしまう。忍びでの動きがしにくくなるではないか。旦那《だんな》でいい、これからは旦那と呼べ」

顔をしかめて伝吉が苦笑いをした。

「まだ仲間になるとはいってませんぜ。それにしても、天下の江戸北町奉行さまが、一人働きの、浮世の余計者《よけいもの》の盗人を、配下の牢番を気絶させてまで牢抜けさせた。そのことが、あっしには、どうにも合点《がてん》がいかねえんで。自慢できることじゃねえが、あっしは盗人ですぜ。いわば、この世には無用の、ごく潰しだ。あっしは、てめえが無用の、役立たずの、害にしかならねえ虫けらだということを忘れねえために無用の伝吉という、二つ名を名乗っているんですぜ。そんな役立たずが、お奉行さまの仲間になれるはずがありませんや。からかうのも、これまでにしておくんなせえ」

凝然《ぎょうぜん》と、右京亮が伝吉を見返した。

「その、無用の伝吉の盗みの技が、いまのおれには入り用なんだ」

「なんですって」

驚愕の眼を剝《む》いた伝吉に、

「実は、おれも盗人になろうとおもっているのさ。天下をゆるがす大盗人にな」

不敵な笑みを右京亮が浮かべた。

息を呑んだ伝吉が探る眼で右京亮を見据えた。

「旦那、いったい、何を企んでいらっしゃるんで」

「企み？　大仰《おおぎょう》ないい方をするな」

身を乗り出して伝吉が問いかけた。

「くわしい話を聞きたくなりやした。あっしにもわかるように、やさしく話しておくんなせえ」

「天下国家を論じても、ただのことばの遊びで終わってしまう。おれは、そんな大それたことは考えてはおらぬ。地位や権力、金の力を武器がわりに横車を押し、やりたい放題、悪のかぎりを尽くす輩《やから》に一泡《ひとあわ》吹かせてやりたいだけだ。自分の身さえ守ることのできぬ、知恵も力もない者たちを、ひとりでも多く助けてやりたいと願っているだけなのだ。おれは、それをやるために江戸北町奉行の座を金で買った。銭相場であくどく稼いだ金で、北町奉行の座を買い取ったのだ」

さらなる驚きに伝吉は躰を強張《こわば》らせた。

「銭相場で儲けた金で北町奉行の座を買ったですって。それじゃ噂はほんとうだったんで」

「ほんとうだとも。もっとも、その噂はおれが手下たちを使って、巷《ちまた》に流しまくったのだ。この世は金で何でも買える。北町奉行の座も金さえ出せば手に入るということを世間に知らしめるためにな」

「それじゃ、旦那は金さえあれば、どんな勝手も許されると考えていなさるんで」

「盗みはすれど非道はせずの信条を貫く無用の伝吉ともあろう大盗人が、たわけたことをいうな。金で買えるのは、せいぜい強欲に汚れきった者たちの動きまでだ。人の気持ち、こころまでは買えぬ。が、不思議なことに、より豊かな暮らしを望めば望むほど、人は欲の虜《とりこ》になっていく。きれいに着飾り、何不自由ない暮らしをする。そのことのために、おのれのこころを捨て去る者は多いだろう。おれも、そのひとりかもしれぬ。自分のやりたいことのために、北町奉行という権力の座を金で買ったのだからな」

「こころまでは金では買えねえ、と知っていなさる旦那が、北町奉行になって何をやろうと仰有るんで」

「繰り返しになるが、身分と権力、金の力で自分の犯した悪事を闇から闇へと葬り去り、何食わぬ顔で贅沢三昧《ぜいたくざんまい》、勝手気儘《きまま》に振るまいつづける奴らから、虫けらみたいに扱われ、玩具《おもちゃ》にされるだけではあきたらず、命までをもとられる弱い者たちを、ひとりでもいい、救ってやりたい。十年ほど前に、不意に、こころのなかに湧いて出て、以来、おれのなかで燻《くすぶ》りつづけ、消えることのなかったおもいを、果たしてみよう、果たす時はいましかない、とおもいたったのだ。悪党どもは、悪事を為《な》しても、その証を表沙汰にすることはない、が、たがいに弱みを握り合うために、約束事を記《しる》した書付《かきつけ》などは残しておくものだ。おれは、それを盗み出し、証を突きつけて、悪党どもを処断《しょだん》すると決めている」

せせら笑って伝吉がいった。

「処断すると仰有いますが、北町奉行がいくら頑張っても、老中や御上のお偉方の横やりで揉《も》み消《け》されてしまうのがおちですぜ。骨折り損のくたびれ儲け、端《はな》からやらねえほうがいいような気がしやすがね」

「だから、処断するのだ。おれの、この手でな」

「まさか、斬り殺す気でいるんじゃねえでしょうね」

「そうだ。息の根を止めぬかぎり悪党どもは、この世に害毒を垂れ流しつづける。悪事のもとを断つには、命を絶つしかない」

「旦那より強い奴にあったら、逆に斬られますぜ。命が惜しくはねえんですかい」

「もとより覚悟の上だ。だが、疑惑がある、ただそれだけのことでは、いくら悪党でも命をとるわけにはいかぬ。調べに調べぬいて、動かぬ証を手に入れてから処断に動くのだ」

「その証の品を手に入れるために盗みの技が、あっしの腕が入り用なんですね」

「そうだ。お助け組の仲間になってくれぬか」

「命がけだが、面白そうだ。なりやしょう。ただし、旦那の仰有ることに嘘があったとわかったときには、さっさとお助け組を抜けさせてもらいますぜ」

「かまわぬ」

顔を向けて右京亮が声をかけた。

「作次郎、聞いてのとおりだ。天下の大盗人、無用の伝吉がお助け組に加わったぞ」

振り返った作次郎が、

「話の成り行きから、どうなることかとはらはらしておりましたが、上々の首尾《しゅび》。千人の味方を得たおもいがします」

眼を向けて伝吉に笑いかけた。

「千人の味方とは、ほめすぎ、おだてすぎってやつですぜ。穴にでも入りてえ気分だ」

照れたのか、伝吉が首をすくめた。

「お助け組の仲間に引き合わせよう。作次郎、伊三郎《いさぶろう》は、いま、どこにいる」

「暮六つ過ぎには柳橋近くの平右衛門町《へいえもんちょう》の住まいにもどっているはずです」

「一昨日に伊三郎たちに命じた、辻斬りにやられた三人の評判を聞き込みにまわっているとしたら、住まいにもどるのは、そのくらいの刻限《こくげん》になるだろうな。頃合いを見計らって、出かけるとするか」

「話の具合じゃ、伊三郎さんとやらは、すでに調べにかかっていなさるようだ。盗人のお勤めで、まず仕掛かるのが忍び入る先の下調べ。家人、奉公人の寝入る刻限、その家の間取りと、事細かく調べあげる。うまく調べがすすまねえようだったら、お勤めは諦《あきら》める。それが、あっしのやり方なんで」

にやり、として、ことばを重ねた。

「そういうわけで、あっしゃ、そこらへんの目明かしより、ずっと調べることには慣れてますんで。辻斬りにあった三人の調べ、あっしにも手伝わせてもらいてえ」

「頼む」

「あっしの力の及ぶかぎり、やりますぜ」

うむ、とうなずいた右京亮が、

「作次郎、近くの古着屋へ出かけて、伝吉の着るものを買ってきてくれ。下帯《したおび》から小袖に帯、一揃いだ。金を渡す」

懐から銭入れを取り出し、二両を抜き取って作次郎に差し出した。

受け取った作次郎が、

「小半刻のうちにもどります」

と立ち上がった。

座敷から出て、土間に降り立つ。

表戸を開けて出かける作次郎を見向きもせず、さらに銭入れから小判を三枚、抜き出した右京亮が、

「伝吉、探索には金がかかる。これは当座の掛かりだ。受け取ってくれ。足りなくなったら、必要な金高をいってくれ。悪いが、おれは、人の懐具合を気にするほどの細かい神経を持ち合わせておらぬ。何事もずばりといってくれねば、気がつかぬ質《たち》でな」

笑いかけた。人懐《ひとなつ》っこい、邪気《じゃき》のない幼子《おさなご》を彷彿とさせる、愛嬌たっぷりの笑い顔だった。

意外な右京亮の一面を見せられた気がして、おもわず見とれた伝吉に、

「早く受け取れ。手をのばしっぱなしでいるのも楽じゃない」

揶揄した右京亮の口調に、

「こいつはいけねえ。うっかりしちまった。遠慮なくいただきますぜ」

両手をのばした伝吉が、押し戴くようにして三両を受け取った。

四

大川《おおかわ》に架かる両国橋を渡ると両国広小路となる。

暮六つ（午後六時）を告げる時の鐘が、風に乗って聞こえてくる。蕎麦《そば》や天麩羅《てんぷら》の屋台が広小路のあちこちに出ている。これからどこかの遊里へ足をのばすつもりか、屋台の前に立って、男たちが腹ごしらえをしていた。

冬が間近に迫っている。川から吹き寄せる風が頬《ほお》に冷たく感じられた。

ぶるる、と躰を震わせて伝吉がつぶやいた。

「いけねえ、もう一枚、着込んでくるんだった。若いつもりでいても四十過ぎると、寒さがこたえらあ」

一歩ほど先を歩いていた右京亮が振り返った。

「天下の大盗人、無用の伝吉が、何をぶつくさいっているのだ」

あわてて周りに目線を走らせた伝吉が、右京亮に身を寄せ肩越しに小声でいった。

「旦那、その天下の大盗人と声高にいうのは止めてくだせえ。往来している連中が、みょうな顔をして見てますぜ。これからは伝吉と呼んでくだせえ。金輪際《こんりんざい》、天下の大盗人はなしですぜ。人聞きが悪すぎらあ」

「たしかに、そうだ。人聞きが悪すぎる。伝吉のいうとおりだ。すまぬ。許せ。どうも気配りがたらぬ。気をつけねばいかぬな」

ことばとは裏腹、右京亮が呵々《かか》と笑った。

「笑うこたあ、ねえだろうに。てめえでおもっている以上に、旦那は、気配りが足りないよ。こうなりゃ小姑《こじゅうと》気分で、事あるごとに意見しなきゃならねえ。余計な面倒をみなきゃいけねえし、何かと忙しくなってきたぜ」

しかめっ面《つら》をした伝吉が、呆れかえってつぶやいた。

柳橋は、神田川が大川へ注ぎ込むところから、ほどなくのところに架かる橋である。柳橋を渡った右京亮たちは真っ直ぐにすすみ、突き当たりを右へ折れて、ひとつ目の辻を左へ行き、四方に町家の建ちならぶ辻を、さらに左へと曲がった。

御蔵前片町《おくらまえかたまち》代地と通り抜けをはさんで接する平右衛門町に、伊三郎の住まいがあった。

もともとは小さな店をやっていた町家らしく、表戸がわりの四枚の腰高障子が裏通りに面している平屋だった。

腰高障子の二枚に、井桁《いげた》の文様が描かれ四角に囲まれたなかに、勘亭流《かんていりゅう》の「伊」の字が書き込まれている。

　表から見るかぎり、一家を構えたばかりのやくざの住まいとおもえた。

「伊三郎という奴は、やくざですかい」

　訊いてきた伝吉に作次郎が応じた。

「伊三郎は幡随院長兵衛《ばんずいいんちょうべえ》みたいな、強きを挫《くじ》き弱きを助ける、真の俠客《きょうかく》になる、と意気込んでいるが、おれには、俠客とやくざの区別がつかぬ。正義を貫く俠気《おとこぎ》、心意気があるかないかが、俠客とやくざの違いかもしれぬな。もっとも伊三郎は二十歳《はたち》になったばかり、おれ同様、これから修行を積んで、いろいろ覚えていくのだろう」

　曖昧模糊《あいまいもこ》とした樋口作次郎の応えだった。推察するに作次郎にも、よくわかっていないのだろう。

「二十歳になったばかりの小僧っ子ですかい、伊三郎は。お助け組は、やっていけるんですかね」

「大丈夫だ。早川さんがついている。必ずうまくいく。おれは早川さんを信じている。早川さんは、いいお方だ。十数年の付き合いだが一刀流の道場で修行していた頃と、まったく変わらぬ。一流の剣客になりたいと望んでいるおれに、おまえならできる、剣術は、おれも極めたかったことだ、できるだけの手助けはする、剣の修行に専念しろ、と日々のたつきの面倒までみてくれている。おれに気をつかわせないためか、頼む前に、いろいろと気配りをしてくれる。早川さんには頭があがらぬ。おれは、早川さんを血のつながった兄貴以上のお人だとおもっている」

屈託のない、明るい笑顔を、作次郎が伝吉に向けた。おもいがけない右京亮の一面を聞かされて、伝吉は、もう一度、右京亮を見つめ直すべきだと考え始めていた。摑《つか》み所がねえ、おもしろいお人だ、どれほどのお人か見極《みきわ》めてみてえ、そうおもいながら伝吉は歩みをすすめた。

表戸を開けた右京亮が、

「おれだ。入《はい》るぞ」

奥へ向かって声をかけ、返事も待たずに足を踏み入れた。作次郎と伝吉がつづいた。

かつては商いの品々を並べていたとおもわれる横長の板敷の間を横切ると、奥に座敷が三間あった。

一番奥の座敷で、神棚《かみだな》を背にした右京亮と伊三郎が向かい合って坐っている。右京亮の斜め前、左右に樋口作次郎と無用の伝吉が、伊三郎の背後左右に、伊三郎が表向きは子分と触れ回っているが、実のところは弟分といったところの亀吉《かめきち》と金平《きんぺい》が控えていた。

坐るなり伊三郎が、ちらり、と伝吉をみやって右京亮に問いかけた。

「こちらのお方は、どなたさんで」

「無用の伝吉、盗人の大親分だ」

「盗人の大親分さんですって。やっと、みつかりやしたね」

無言で右京亮がうなずいた。

「無用の伝吉だ。よろしく頼むぜ」

小さく頭を下げた伝吉に、

「柳橋の伊三郎といいやす。ほんの駆け出し者で。後ろに控えるのは亀吉に金平、あっしの子分でして」

「幼なじみの弟分で、亀吉といいやす」

「同じく金平で」

相次いで名乗り、ふたりが、ぺこりと頭を下げた。

頭をかきながら伊三郎がことばを添えた。

「いつも人前じゃ子分だといえ。でなきゃ、一家を構えている身の、あっしの面子が立たねえと、口を酸《す》っぱくしていってるんですが、餓鬼《がき》の頃からつるんできたせいか、ついつい昔の気分が抜けなくて、どうにも困ってまさあ」

「いいじゃねえか。餓鬼の頃からの悪さ仲間が、割れずにつながっている、めったにないことだぜ。おれなんざ、一人働きを通してきたんで、仲間はひとりもいねえ。羨《うらや》ましいかぎりだ」

「それはそうなんですが、どうも遠慮とけじめがなくていけねえ。何とかしなきゃとおもってるんですが」

再び頭をかいた伊三郎が右京亮に眼を向けた。

「だいぶ、お助け組の面子がそろってきやしたね。殿さまに樋口さん、伝吉親分にあっしら三人の合わせて六人、けっこうな数になりやしたね」

指折り数えて伊三郎がいった。

「調べはどうだ、すすんでいるか」

問うた右京亮に伊三郎が、

「すすんでおりやす。辻斬りに殺された三人とも独り者。元鳥越町《もととりごえちょう》に大工の十吉《じゅうきち》、三間町《さんげんちょう》には小間物売りの行商人の半助《はんすけ》、下谷山伏町《したややまぶしちょう》に錺職《かざりしょく》の治作《じさく》が住む裏長屋があると殿さまから渡された書付に書いてありましたんで、あっしと亀吉の二人で聞き込みにまわりやした。金平は、ご存じのとおり、殿さまのところの御用人、津田左衛門《つださえもん》さまの銭相場の手伝いをやってますんで、朝から晩まで銭会所を走りまわっておりやす、聞き込みにはくわわっておりやせん。斬られた三人とも酒好きの遊び好き。何人かの高利貸しから金を借りていたようでして、始終《しじゅう》、住まいに取り立てのやくざ者が押しかけていたと、裏長屋の嬶《かかあ》たちが口をそろえていっておりやした」

「辻斬りにあった連中が、何人かの高利貸しから金を借りていた、とは調べ書には記してなかった。どこの高利貸しから借りていたのだ」

「それがまだ、つかめておりやせん。ただ、取り立てに来ていたやくざ者は今戸《いまど》の甚助《じんすけ》一家と聖天《しょうでん》の貞六《さだろく》一家の連中のようでして。金を返せ、一家の面子にかけて取り立てるとわめき立てているのを嬶たちの何人かが聞いておりやす。明日から今戸の甚助一家と聖天の貞六一家を手分けして張り込んでみようとおもいます。三、四日も張り込めば出入りしている高利貸しがわかるはずで」

「辻斬りの探索にかかわっている与力は、すでに斬られた町人たちの調べは終えた、といっていた。もっとも調べ書をみて、あまりにもおざなりな調べぶり、と判断したので斬られた三人の名を抜き書きし、あらためて伊三郎に調べるよう命じたのだが」

誰にきかせるともなくつぶやいた右京亮が、うむ、と首を傾げ、顔を向けて訊いた。

「伊三郎、斬られた三人について北町奉行所の手の者は、どのような調べをしていたのだ」

「大家にそれぞれの骸《むくろ》をあらためさせ、引き取らせただけだそうで。近所との付き合いの少ない独り者のこと、大家から指図されて、裏長屋の住人たちで無縁仏《むえんぼとけ》同然に葬《ほうむ》ったと聞きましたが」

「ろくな調べもしなかったのだな」

「そのようで」

「手抜きをしたのか、それとも、わけあって調べの手をゆるめたか。いずれにしても、あまり褒められたことではない」

つぶやいた右京亮に、

「実は、殿さま、みょうな話を聞き込んだんですが」

「どんな話だ」

「女の目明かしが小間物売りの半助のことを調べているそうで」

「女目明かしが、辻斬りに斬られた半助のことを調べてまわっているというのか」

訊いた右京亮に伊三郎が応えた。

「お仲《なか》という名の女目明かしでして。駒形《こまがた》の市蔵《いちぞう》という岡っ引きの娘で、捕物《とりもの》上手と評判の市蔵親分の血を引いているのか、何度か手柄をたてておりやす。年は二十三、瓜実顔《うりざねがお》で、捕物なんかに手を出すようには、とても見えねえ器量《きりよう》好《よ》しで、捕物小町《こまち》と呼ばれておりやす。捕物好きがこうじて嫁にいきそこなったという話でして、あっしも、何度か見かけたことがありやすが、そんじょそこらでは、あまりお目にかからない、なかなかの美形《びけい》で」

振り向いて、声をかけた。

「亀吉、金平、おめえたちも、そうおもうだろう」

「鼻っ柱は強そうですが、そのとおりで」

「年はあっしより上だが、口説いてみてえ、とおもったことがありやす」

ほとんど同時に亀吉と金平が応えた。

威勢の良さが顔に出ていて、動きがきびきびしている伊三郎と違って、同じ年頃にもかかわらず、あいているかどうかわからないほど細い眼で丸顔の亀吉と、若いのに締まりなく肥《ふと》った金平は、いかにも頼りなげにみえる。

「何のつもりで、お仲は半助を調べているのだろう。北町奉行所としては、すでに三人の調べは打ち切っている。打ち切った調べをお仲が勝手に調べているとなると、おれの調べに落ち度でもあるというのか、事と次第によってはただではおかぬ、と松崎あたりが咎め立てするかもしれぬな」

「半助が住んでいた裏長屋は駒形の市蔵親分の縄張り内、死に方が死に方だ、何か焦臭《こげくさ》いものが出てくるかもしれねえ、と調べにかかったというところじゃねえんですかい」

応じた伊三郎に右京亮が、

「おそらく、そんなところだろう」

目線を流して、声をかけた。

「伝吉、作次郎と一緒にお仲を見張ってくれ」

「わかりやした」

「承知」

ほとんど同時に伝吉と作次郎が応えた。

「伊三郎、後で伝吉と作次郎にお仲の住まいを教えてやってくれ。腹が減った。うまいものでも食いにいこう。伊三郎、案内しろ」

「うまい肴《さかな》をつくってくれる居酒屋をみつけました。そこへ行きやしょう」

「新しい店か。どんな肴を食わせるか、楽しみだ」

脇に置いた大刀に右京亮が手をのばした。

五

平右衛門町の伊三郎の住まいから居酒屋へ右京亮たちが出向いた頃……。

浅草東仲町《ひがしなかまち》の料理茶屋の座敷で、松崎勇三郎と中島盛助《なかじまもりすけ》が飯台《はんだい》をはさんで坐っていた。小太りで色白、眼が小さく、低い鼻が上を向いている中島の顔立ちは、豚《ぶた》に酷似している。中島は松崎の腹心ともいうべき北町奉行所の同心だった。

飯台には、それぞれの前に肴が数皿、銚子《ちょうし》が一本置かれている。飲み干した猪口《ちょこ》を飯台に置いた松崎が中島を見やった。

「呑め。例の奴らが飲み食いした勘定《かんじょう》はすべて支払うと、おれに約束した見世《みせ》だ。遠慮はいらぬぞ」

「話を先にすませませぬか。奉行所で耳打ちされた、御奉行が辻斬りの調べ書に疑念を抱かれているという話、気がかりでなりませぬ。辻斬りの一件では、ひそかに探索を始めている目明かしがいると、私の手先の大橋《おおはし》の権造《ごんぞう》が知らせてきております」

「余計《よけい》なことをしでかす、その目明かしは、どこのどいつだ」

「駒形の市蔵の娘、お仲と下っ引きの竹吉《たけきち》で。市蔵は五十半ば、二年前の捕物で受けた肩の傷が治りきらずに、無理ができない躰。その分、お仲が働いているようでして」

「捕物小町のお仲が乗り出したか。おそらく市蔵が後ろで知恵を授《さず》けているのだろうが。これは厄介《やっかい》なことになるかもしれぬぞ」

首を捻《ひね》って松崎が黙り込んだ。

しばしの間があった。

顔を向けて、松崎がいった。

「中島、明朝、権造を訪ねて、例のふたりに、息のかかったやくざや用心棒たちにお仲を見張らせろ、と命じてくるよう指図しろ」

「わかりました」

「それと」

「それと、何でございますか」

「御奉行が、どういう動きをしているか気になる。権造に御奉行をつけさせるのだ」

「御奉行に気づかれるのではないですか」

「気づかれたら深追いしないで引き上げてこい、と権造につたえておけ。万が一、咎められたら、怪しいとおもってつけた、と言い張れ、ともな」

「承知しました」

「無用の伝吉を牢抜けさせたのは御奉行に違いない。おれは、そう睨んでいる。何のためにそんなことをしたのか、わけがわからぬ。銭相場で儲けた金を幕閣の重臣たちにばらまき、北町奉行の座を買った山師旗本と悪評だらけの人物だが、実際に接してみて、おれは、噂とは違うものを感じとっている。みょうに図太くて、摑み所がない。何年かおきに代わる、いままでの御奉行とは明らかに違う」

「袖の下を取り放題、多少の悪事には目をつぶる松崎さんや私のような者には、厄介極まる相手かもしれませぬな」

「そうかもしれぬ。用心するに越したことはない」

「今夜は早めに切り上げましょう。どうにも気持ちが落ち着きませぬ」

「度胸のないことをいいよる。よかろう。出ている酒と肴を平らげて引き上げよう」

銚子を手に取った松崎勇三郎が、猪口に酒を注ぎこんだ。


この日も朝から、煌《きら》めく陽光が天空に居座っていた。青く澄み切った空のあちこちに浮かぶ白い雲が、吹く風にその身をまかせて、ゆったりと流れていく。

下城した右京亮は、用部屋で町年寄などから届け出られた書付に一刻（二時間）ほど眼を通した後、奥の居室に引き上げた。内与力の三好小六に支度させた小袖に着替え、編笠をかぶって、裏門から外へ出た。

西空が茜色《あかねいろ》に染まっている。初冬の日暮れの常、巷は一気に夜の闇に包み込まれることだろう。

裏門を出て一町ほどいったあたりで、右京亮はつけてくる者がいることに気づいた。

達者な尾行だった。

尾行に慣れた奴、目明かしかもしれぬ。右京亮の脳裏に、陰険な眼差《まなざ》しで見つめる松崎勇三郎の顔が浮かんだ。

北町奉行所の与力、同心たちが大名や大店から付け届けを受け取っていることを、右京亮は知っている。

二百石どりの与力はともかく三十俵二人扶持《ぶち》という微禄《びろく》の同心にとってみれば、大名や大店など町の分限者《ぶげんしゃ》、小金持《こがねも》ちからの付け届け、袖の下は、たつきの糧《かて》になっているはずだった。

悪事を揉み消したり、見逃したりさえしなければ、与力や同心たちが付け届けや袖の下を受け取ることを咎め立てする気は、右京亮には、さらさらなかった。

北町奉行に就任するにあたって右京亮は、伊三郎たちを使って与力、同心たちの噂を聞き込んだ。そのとき、裏で手渡す金高次第で悪事も見逃してくれることもある、とやくざ仲間で噂されているのが松崎勇三郎だった。

松崎のかかわった調べ書を右京亮が、とくに厳しくあらためたのは、そんな悪い評判を聞き知っていたからである。

おれが疑念を抱いている、と推察した松崎が先手をうって、おれの動きを探るべく尾行をつけたか。つけてくる者を、どこかで捕らえて誰に頼まれたか白状させるか。そうも考えた右京亮だったが、捕らえた者があっさりと口を割るとはおもえなかった。

どこかでまくしかあるまい。右京亮は腹をくくった。

行く先は決まっている。決して知られてはならぬ行く先だった。

ぐるりに目線を走らせながら、あくまで尾行に気づかぬ風《ふう》を装って、右京亮は、ゆったりとした足取りで歩みをすすめた。

絡《から》繰《くり》之《の》貮《に》

一

そろそろ尾行をまくか。右京亮は、いささか面倒くさくなっていた。

柳橋近く、神田川沿いの平右衛門町に馴染みの船宿《ふなやど》がある。

多少、小腹《こばら》もすいていた。船宿で腹ごしらえして出かけるのも悪くない。そう決めた右京亮は、船宿〈清流《せいりゅう》〉に足を向けた。

両国広小路を横切り、柳橋を渡って左へ行くと、三軒めに清流はあった。

〈船宿　清流〉との文字が躍る暖簾《のれん》をかきわけ、表戸を開けた右京亮は、

「客だよ。入るぞ」

と声をかけ、足を踏み入れた。

「いらっしゃいませ」

声とともに出てきた女将《おかみ》が笑いかけた。

「これは、早川のお殿さま、北町のお奉行さまになられたとのこと、今宵はお忍びでございますか」

「そんなところだ。辰造《たつぞう》はいるかい」

「おります」

「舟を出してもらいたい。夕飯つきでな。つくるのに手間のかからぬ、握り飯ふたつに、ありあわせの香の物でいい」

「殿さまの名指しと聞いたら、うちのは飛び上がって喜びますよ。とりあえず、いつもの座敷に上がって、夕餉《ゆうげ》の支度がすむまで待っていてください」

「夜釣りにするか、どこぞの遊里へ繰り込むか、まだ迷っているところだ。辰造に、そうつたえといてくれ」

笑みをたたえた右京亮が板敷の上《あ》がり端《はな》に足をかけた。

通りに面した二階の座敷の窓際に坐った右京亮が、細めに開けた窓障子から外を眺めている。

通りの向こうには神田川が流れていた。土手沿いの立木に背をもたせかけた町人が、清流の表を見張ることができるように、斜めに躰を傾けて坐っている。おそらく松崎の息のかかった下っ引きだろう。

舟に乗るには通りを横切って、土手下の水辺に設けられた清流の船着場まで歩くことになる。

つけてきた下っ引きがどんな顔をして、おれを見送るか、楽しみだ。そうおもって右京亮が、にやり、としたとき、戸襖の向こうから声がかかった。

「殿さま、開けますぜ」

「辰造か」

戸襖を開け、姿勢を低くして辰造が入ってきた。閉めた戸襖のそばに坐って、日に焼けた顔を向け、笑いかけてきた。

清流の主人の辰造は、四十がらみ、深川の漁師あがりのせいか、舟を操らせては天下一品の腕の持ち主だった。つくる料理もなかなかのもので、漁師の頃、獲った魚を売りに行った先の料理茶屋の板前に少しばかり手ほどきを受け、後は見様見真似《みようみまね》でおぼえた、と辰造はいっていたが、そこらの料理茶屋の板前では、かなわぬほどのうまい肴を食べさせてくれる。

数年前、とくに行くあてもなく、ぶらりと町に出た右京亮は、夕餉でも食すか、とたまたま眼についた船宿に足を踏み入れた。

腹の足しになればいい、と、出された料理に箸《はし》をつけた。

一口、口にする。

なかなかの美味《びみ》であった。以来、月に一度は清流に足を運んでいる右京亮であった。

「女房、いや、女将から聞きましたが、夜釣りをやるか遊里に繰り込むか、迷っていらっしゃるようで。釣り具は一揃いととのえておきやすが、餌は少しにしときやしょう。いままでの付き合いから、殿さまが迷っていらっしゃるときは、たいがい遊里へ繰り込まれる、と相場が決まっておりやすんで」

笑みを含んで話しかけてきた辰造に、

「辰造にまで腹の底を読まれてしまうとは、まだまだ修行が足りぬな。生来の我儘者《わがままもの》、この場で、遊里へ行くとおもっていても舟に乗ったら釣りをしたいとおもいだす。われながら厄介《やっかい》な質《たち》だとおもうが仕方がない。いろいろと世話をかける」

「あっしでよけりゃ、いつでも世話焼きに出向きますぜ」

「そいつはありがたい。そのときは、遠慮なく声をかける。頼りにしてるぞ、辰造」

上げた右京亮の笑い声が明るい。

釣り竿と魚籠《びく》を手にした右京亮が、小舟に乗り込んだ。船板に坐った右京亮は編笠をとり、脇に置いた。

前に置かれた重箱の蓋をとり、握り飯を手に取る。

舫《もやい》を解《と》いた辰造が手にした棹《さお》で水辺を突いた。

舟が水面を滑って神田川のなかほどへすすんだ。

棹を櫓《ろ》に持ち替え、辰造が舟を漕《こ》ぎだした。

握り飯を頬張りながら右京亮が、ちらり、と走らせた目線の端に、立木のそばに呆然《ぼうぜん》と立ちつくす下っ引きの姿が映った。

柳橋の下をくぐり抜けるときに、右京亮は坐り直すふりをして、下っ引きを見やった。

橋脚が目隠しとなって、下っ引きのいるところから右京亮は見えないはずだった。が、用心するにこしたことはない。

諦《あきら》めたのか、立ちつくしていた下っ引きが背中を向けた。浅草御門のほうへ歩きだす。

釣り竿と魚籠を手にしていたのだ。下っ引きは、夜釣りに出かけた、と見立てたに違いない。そう推断した右京亮は辰造に声をかけた。

「辰造、おまえの読みがあたった。竹町《たけちょう》の渡し近くに着けてくれ。浅草あたりの遊所《ゆうしょ》に繰り込む」

「わかりやした。ひとつ、殿さまにお願いがありやす」

「何だ」

「このところ商売繁盛で、女房は、働け働けの一点張り。商いがうまくいっているのは嬉しい限りですが、好きな釣りもできません。今夜は殿さまの供をして釣りをしてきた、ということにしてもらいてえんですが」

「よかろう。身分を超えて、男同士の付き合いをしている辰造のためだ。口裏を合わそう」

「ありがてえ。恩に着ますぜ、殿さま」

「夜中まで、存分に釣りを楽しめ。たまには息抜きもしないとな」

「たっぷりと息抜きしますとも。けど、二つ返事で引き受けてもらえるとは、ありがてえ。また殿さまに借りをつくっちまった」

弾《はず》んだ声で辰造がいった。

「貸しは、いずれ返してもらうぞ」

呵々《かか》と笑った右京亮に、

「こいつは、大変なことになりそうだ。お手柔《てやわ》らかに願いやすぜ」

揶揄した口調で辰造が応じた。

二

潜《くぐ》りぬけた柳橋の右手を見上げると、川沿いの一帯から中天へ朧《おぼろ》な光が立ち昇っている。両国広小路に建ちならぶ茶屋や屋台の提灯《ちょうちん》の光が群れ集まって、夜空を染めているのだった。

その光が、右京亮に伊三郎との出会いをおもい起こさせた。

三年前、地回りのやくざ五人に袋叩きにあっている伊三郎と亀吉、金平の三人を、たまたま通りかかった右京亮が見かけた。泣きわめいて、なされるがままの亀吉と金平と違って、伊三郎は殴られても蹴られても立ち向かっていた。

しょせん浮世の困り者のやくざと三下《さんした》の喧嘩沙汰、くだらぬ、と、その場から立ち去ろうとした右京亮だったが、伊三郎のあまりのしつこさに面倒くさくなったのか、やくざたちが懐に呑んでいた匕首《あいくち》を抜きつれた。

素手の伊三郎たちに匕首で突きかかるやくざたちを、右京亮は見過ごす訳にはいかなかった。

「仲裁は時の氏神《うじがみ》という。この喧嘩、おれが預かる」

と声をかけ、仲に立った右京亮に、

「邪魔するねえ」

「仲立人《なかだちにん》には貫禄不足だ」

とわめきながら、やくざたちが突きかかってきた。

「話しても無駄な相手とみた。容赦はせぬ」

大刀を鞘《さや》ごと抜いた右京亮が、仕掛けてきたやくざたちを、それぞれ一撃のうちに叩き伏せた。それこそ瞬《また》く間の、迅速《じんそく》の早業だった。

声もかけることなく立ち去る右京亮を、伊三郎たちが追いかけてきた。

足を止めて右京亮が振り向くと、伊三郎たちも立ち止まる。躰をすくませて見ているだけで、伊三郎たちには声をかけてくる気配はなかった。

自分から、ことばをかける気は、さらさらない右京亮は歩きだした。

その後を伊三郎たちがついていく。

立ち止まって右京亮が見返ると、伊三郎たちは立ち止まり、じっと見つめ返す。

同じようなことが繰り返されて四度め、歩みを止めて振り返った右京亮が声をかけた。

「何の用だ」

突然、駆け寄ってきた伊三郎たちが右京亮の足下で土下座をした。

「お願いだ。あっしらにやっとうを教えてくだせえ。強くなりてえんだ」

深々と頭を下げた伊三郎につづいて、亀吉が声を上げた。

「強くなれねえと、おれたちは殺される。地回りの奴らに、いつか殺される」

「死にたくねえ。助けてくだせえ」

地面に額《ひたい》を擦《す》りつけて金平が、いまにも泣き出しそうな声を上げた。

ちょうど銭相場で走り使いをしてくれる者を、探しているときだった。役に立たないかもしれないが、駄目で元々、使ってみるか、軽い気持ちで右京亮がいった。

「おれの手伝いをするというのなら、閑《ひま》をみつけて剣術を教えてやってもよい」

「何でもします。強くなりてえ」

声を震わせて深々と頭を下げた伊三郎につづいて、

「お願いします」

「この通りです」

頭を下げて亀吉と金平が声を高ぶらせた。

それまで伊三郎たち三人が住んでいた裏長屋を引き払わせた右京亮は、使っていない中間《ちゅうげん》部屋に住まわせた。

銭相場の相場調べに、手分けして三人に銭会所を走り回らせた。時間が空いているときは、右京亮が剣の稽古をつけてやった。

すぐに音《ね》を上げるだろう、と右京亮はおもっていたが、三人は見かけによらず、根は腐っていなかった。わずかのごまかしもなく、銭相場の手伝いに励んだ。

剣術は、伊三郎の実力は目録の腕前に達したが、亀吉と金平は素質がないのか、あまり上達しなかった。

三人の様子を見つづけた右京亮は伊三郎に、そろそろ一家を構えてもいいのではないか、とすすめた。

数ヶ月ほど悩んだ伊三郎だったが覚悟を決め、銭相場の手伝いで得た給金で住まいを借り受け、右京亮の屋敷を出た。半年前のことである。

強きを挫《くじ》き弱きを助ける、真の侠客になることを目指して一家を構えたものの、伊三郎たちには縄張りがない。一家を支える金のほとんどは、右京亮が仕掛ける銭相場の手伝いの稼ぎから捻出されていた。

もっとも伊三郎には、力ずくで縄張りを手に入れようという気はさらさらないようで、時々、躰を悪くした自身番の小者の代わりや、地回りのやくざに難癖《なんくせ》をつけられて困っている小商人《こあきんど》の用心棒を頼まれたりして、

「暮らしに困るどころか金がありあまっているありがたい有様で。人の手助けをすると意外

と銭になるんですね」

と、それなりに満足しきっている。困っている人を助けることが伊三郎の描いている、いわゆる任侠道《にんきょうどう》にかなっているのかもしれない。

根は地道な連中なのだ。それが、伊三郎や亀吉、金平についての、右京亮の見立てであった。


柳橋を潜りぬけた舟は、神田川から大川に漕ぎ出た。舟の揺れが大きくなった。江戸湾は波が荒れているのだろう。

「なるべく土手沿いに漕ぎすすみます。そのほうが揺れが少ないので」

櫓を漕ぎながら辰造が声をかけてきた。申し訳なさそうな口調だった。

「船頭まかせの船路《ふなみち》だ。この程度の揺れは気にならぬ。それより、これ以上波が高くなったら、釣りが心配だな。大漁はむずかしいのではないか」

「こうみえても、あっしは釣りの玄人ですぜ。何とかするのが玄人の技という奴で」

「強気な物言いだな。もっとも、そのあたりが辰造らしいところだが」

屈託のない様子で右京亮が笑った。

舟は大川端から浅草堤へ漕ぎすすんでいく。

今日も伊三郎たちは聞き込みにまわっている。手がかりになりそうな噂をひろえただろうか。右京亮は伊三郎におもいを馳せた。


「何しやがる。あっしが何をしたというんでえ」

声を荒らげた伊三郎の前に十手を構えたお仲がいる。

「あちこちで辻斬りにやられた連中のことを聞き回って、いってえ何のつもりだ。自身番へ来い」

怒鳴った下っ引きの竹吉が、いきなり亀吉の胸ぐらをとった。

「ご勘弁を」

手を振りほどこうと亀吉がもがいた。

「おとなしくしねえか、この野郎」

手にした十手で竹吉が亀吉の頭を叩いた。

「痛《い》てて」

あまりの痛さに亀吉が悲鳴を上げた。

「てめえ、何しやがる」

身を翻した伊三郎が竹吉に体当たりをくれた。

はじき飛ばされて竹吉がよろけた。堪《こら》えきれずに尻餅をつく。その拍子に亀吉の胸ぐらをとっていた手が離れた。

「亀吉、逃げろ」

「兄貴ぃ、ことばに甘えるぜ」

背中を向けて亀吉が走り出した。

「おまえは逃がさないよ」

裾を散らして襲いかかったお仲が、振り向いた伊三郎の脇腹に十手を突き立てた。

大きく呻いて伊三郎が気を失い、その場に崩れ落ちた。

のそのそと立ち上がった竹吉に、お仲が声を高めた。

「何をしてるんだよ、のろのろと。こいつを肩に担ぎな。自身番へ運ぶんだよ」

「わかりやした」

膝をついた竹吉が伊三郎を抱き起こし、肩に担いだ。

立ち上がった竹吉が、重さに耐えかねたのか、よろけた。

「男のくせに、だらしがないねえ。人ひとり満足に担げないのかい。しっかりしな。急ぐんだよ」

突っ慳貪《けんどん》にいい、お仲がさっさと歩きだした。その後を、よたよたしながら竹吉がついていく。

町家の陰から、その様子を窺《うかが》っている者がいた。樋口作次郎と伝吉であった。

振り向くことなく作次郎が声をかけた。

「とんだことになったな、伝吉。伊三郎がお仲に捕まったぞ」

「捕物小町の噂どおり、なかなかの美形だが、やることは男顔負けだ、痛いおもいをして気を失った伊三郎はかわいそうな気もするが、命をとられたわけじゃねえ。大事なかったということで、いままでどおり、お仲と下っ引きを、朝からつけまわしていた五人の浪人の後ろから、金魚の糞みてえについていきやすか」

訊いてきた伝吉に、

「早川さんから、つけるだけにしろ、といわれている。よほどのことがないかぎり、このままでいいだろう」

「朝方は、聞き込みに出かけるお仲たちだけをつけまわすつもりでいやしたが、先客がいたのには驚きましたぜ。あの浪人たち、誰の指図で動いてるんでしょうね」

「いずれにしても金で買われた輩《やから》だろう。つけていくうちにわかるさ」

「浪人たちが動きだしましたぜ」

「おれたちも行こう」

町家沿いに浪人たちが歩いていく。半町ほど間を置いて、作次郎と伝吉がつづいた。

自身番からお仲と竹吉が出てきた。伊三郎は、自身番の牢に入れられているのだろう。

少し離れた町家の外壁に身を寄せていた作次郎と伝吉が顔を見合わせた。

「浪人たちが二手に分かれましたぜ。どうしやす」

「おれが三人のほうをつける。伝吉はお仲たちを尾行していくふたりをつけてくれ」

「わかりやした。それじゃ」

不敵な笑みを浮かべた伝吉が歩き去っていく。ゆっくりと通りへ出た作次郎が、ゆったりとした足取りで三人をつけ始めた。

三

竹町の渡し近くの岸辺に辰造は舟をつけた。

土手に降り立った右京亮が辰造を振り返った。

「大漁を祈っているぞ」

「もう少し漕ぎ上がって真崎《まさき》あたりで仕掛けるつもりで」

「近いうちに顔を出す」

「お待ちしておりやす」

笑みをたたえて頭を下げた辰造が水辺を棹《さお》で突いた。

土手から離れた舟が大川を漕ぎ上がっていく。

遠ざかる舟に背中を向けた右京亮は、土手を上り、通りへ出た。

大川沿いの通りの駒形堂のある辻を右へ曲がり、ひとつめの露地《ろじ》を左へ入って三軒めが駒形の市蔵親分の住まいで、と伊三郎が教えてくれた。右京亮は、伊三郎のことばどおりに道筋をたどった。

さすがに市蔵は名の知れた親分だった。念のために、露地の出入り口で行きあった職人風の男に訊くと、市蔵の住まいはすぐにわかった。男が指さしたのは、三軒めの二階家だった。

表戸を開けて右京亮が声をかけた。

「駒形の市蔵親分に会いにきた。いるか」

「どなたさんで」

奥から声が聞こえた。野太い、よく通る声だった。

「入るぞ」

表戸を閉めた右京亮が板敷の上がり端に足をかけた。

何の躊躇《ためらい》もなく奥へ入っていく。

「ちょっと待っていてくれ」

奥から出てきた五十半ばの、大きな鋭い眼、がっしりした体軀の男と入ってきた右京亮が鉢合《はちあ》わせする形となった。右京亮を見据えた、この男が駒形の市蔵なのだろう。

「何のつもりでえ、お武家さん。断りもなく入ってくるとは、とんでもねえ話だ。名を聞かせて、もらいやしょう」

「早川右京亮だ」

「早川右京亮だと、やけに偉そうな名じゃねえか。早川、右京亮、どこかで聞いたような」

はっ、と気づいて市蔵が睨みつけた。

「お武家さん、冗談はよしにしなせえ。早川右京亮は、新任の北町のお奉行さまの名前ですぜ。ほんとうの名を名乗らねえと怒りますぜ」

帯に差していた十手を引き抜いて市蔵が身構えた。

「怒ることはないだろう。おれの名は早川右京亮、正真正銘の早川右京亮だ」

「盗《ぬす》っ人《と》猛々《たけだけ》しいとは、お武家さんのことだぜ。北町のお奉行さまが、おれみてえな目明かし風情《ふぜい》のところに訪ねてこられるはずがねえ」

「いろいろと訊きたいことがあって、やってきたのだ。端《はな》から早川右京亮ではないと決めつけてはいかぬぞ。何度も名乗るが、おれは早川右京亮なのだ。嘘はいわぬ」

「あっしは、まだ北町のお奉行さまの顔を拝《おが》んだことがねえ。口で、早川右京亮だといわれても、それだけでは、はい、左様ですか、と素直に信じるわけにはいかねえんで。足下の明るいうちに引き上げておくんなせえ」

丁重な物言いだったが、市蔵は右京亮の鼻先に、さらに十手を突きつけた。

「市蔵親分は辻斬りがひとりめを殺した夜に、辻斬りが出没した場所の近くで何者かと斬り合い、命を落とした北町奉行所定町廻《じょうまちまわ》り同心、植村潤之助《うえむらじゅんのすけ》の手先だったな」

「そんなこたあ、近所の住人も知っている。お武家さんがお奉行さましか分からないことを知っていたら、話を聞く気にもなりやすがね」

「植村潤之助の嫡男《ちゃくなん》、大介《だいすけ》から植村家の跡目《あとめ》相続の願い書が出ている。二日後に大介を呼び出し、跡目相続を認許《にんきょ》することになっている。いま、認許にそなえて、さまざまな手続きをすすめているところだ。いまのところ大介は定町廻り見習い同心として出仕することになっている。いつ定町廻り同心として独り立ちできるか、その時期は大介の務めぶりで決まる。見習い同心の手先では、定町廻り同心の手先だった頃より、やりにくくなるだろうが、しばらくの辛抱《しんぼう》だ。捕物上手と評判の高い市蔵親分の手助け次第で、大介の動きも変わるはず。何かと面倒をみてやるのだな」

「ほんとですかい、二日後に、大介さんにお奉行さまから呼び出しがかかるというのは」

「おれが決めたのだ、間違いはない」

「おれが、決めたですって。まるでお奉行さまのような口ぶりじゃござんせんか」

「疑り深いな、親分は。もっとも、簡単に人を信じるようだったら、捕物はしくじりつづきだろうがな」

　にやり、とした右京亮が、

「二日待てば、すべてわかる。北町奉行所へ顔を出し、お奉行さまに呼ばれてきやした、お取り次ぎを、と門番にいえばわかるようにしておく」

「それじゃ、お武家さんは、本物のお奉行さま。まさか、そんな」

狐につままれたような顔つきになり。市蔵がつぶやいた。

　そんな市蔵にかかわりなく、右京亮が話しつづけた。

「おれが、ひそかに市蔵親分を訪ねたのにはわけがある。おれの耳がわりとなって巷の噂を聞き込んでくれている若い衆が、親分の娘、捕物小町のお仲が、辻斬りにやられた町人たちを調べて回っているという話を聞いたからだ。辻斬りの探索は北町奉行所与力、松崎勇三郎が長となり、配下の定町廻り同心、中島盛助を中心に探索をすすめている。お仲は中島盛助とはかかわりがない。それなのに、なぜ辻斬りに殺された者たちの探索を始めたのか、そのわけを知りたくなってな、足を運んだのだ。北町奉行所へ呼び出せば、杓子《しやくし》定規《じようぎ》な話しかできまいしな」

話を聞いて市蔵が、

「お奉行さまだ。いけねえ、おれは、お奉行さまにとんでもないあしらいをしてしまった」

突然、膝を折って坐り込んだ。両手を突いて深々と頭を下げる。

「申し訳ございません。お奉行さまに無礼を働いてしまった。勘弁してくだせえ」

「やっと、わかってくれたようだな。とりあえず、奥の座敷へ行こう。立ったままでは落ち着いて話もできないからな」

まるで我が家のように右京亮が、ずかずかと奥へ入っていく。立ち上がった市蔵が、あわてて右京亮の後を追った。

奥の座敷で右京亮と市蔵が向かい合って坐っている。

うむ、とうなずいた右京亮が、

「そうか。市蔵とお仲は、植村潤之助は辻斬りと出くわし、斬り合って、力及ばす斬られたと考えたのだな」

「定町廻りの同心が見廻りのさなか斬り殺された、当然、念入りな探索が始まるに違いない。そのときは、直訴《じきそ》して探索の端に加えてもらうつもりで待っておりやした。が、いつまでたっても、探索が始まる気配はありません。で、先日、中島さんをたずねて、どうなっているのか訊きました」

「植村潤之助の探索は打ち切られていたのだな」

「そのとおりで。こんな理不尽な話はねえ。こうなりゃ、おれたちの手で植村の旦那を斬り殺した咎人をひっくくってやろうということになりやして、まずは辻斬りにやられた連中を調べ上げれば、何か手がかりをつかめるかもしれないと狙いをつけて、動きだしたという次第で」

「植村潤之助横死《おうし》の調べ書を読み終えたとき、なぜ、こんなに早く調べを打ち切ったのか疑問を抱いた。植村大介から跡目相続の願い書が出ていたので、一件の真相を明らかにして植村家に傷をつけてはならぬとの上役の配慮が働いたのではないか、と推断して、ほうっておいたのだが」

首を傾げて、右京亮がことばを重ねた。

「植村潤之助の調べ書をつくったのも松崎勇三郎、一連の辻斬りの調べ書も松崎の掛かりだったな」

独り言のような物言いだった。

黙然と見やって、市蔵が右京亮の次のことばを待っている。

眼を向けて右京亮が声をかけた。

「市蔵、内与力の三好小六の手先になってくれぬか。植村大介の手先をつとめたままでよいのだ。三好はおれの家来、おれが北町奉行をやめるときには、おれとともに屋敷にもどる身だ。植村大介が一人前の同心になった暁には、三好の手先をやめてもよい。三好は奉行所での、おれの用人のような立場にある者、職責は同じ与力だが、松崎は三好のやることにはおおっぴらに口出しはできまい。おれは、市蔵、おまえとお仲に、このまま植村潤之助を斬り殺した奴の探索をつづけてもらいたいのだ。松崎にみょうな横槍を入れさせぬためにも、そのほうがいいとおもうが」

「大介さんに異論がなければ、あっしはかまいません。いや、むしろ、願ったり叶ったりの、ありがてえお話で。あっしは、植村の旦那を殺した下手人をこの手で捕らえて、旦那の敵討ちをしてえんで。このまま探索をつづけていけば、いずれ、松崎さまと中島さんから、余計なことをするでない、とお叱りがあるはず、と覚悟しておりやした」

「このこと、植村大介にはおれから話しておく。市蔵も、自分の口から大介に、おれから申し入れがあったので断り切れなかった、しばらくの間、三好の手先もつとめることになる、と話しておいてくれ。明日、七つ過ぎに北町奉行所に三好小六を訪ねてこい。門番には話を通じておく」

「このこと、お仲にも話しておきます。勝ち気が歩き回っているようなお仲のこと、四の五のいうかもしれやせんが、あっしが首に縄をつけても、お仲を連れていきやす。捕物は、お仲とふたりがかりでねえと、うまくすすまねえんで」

「そうだったな。躰を壊して無理が利かなくなった市蔵のかわりに、お仲が手足となって走り回っているのだったな」

うむ、とうなずいた右京亮がことばを重ねた。

「内与力の三好の手先になってくれるよう市蔵に申し入れたこと、おれが、お仲に話そう。捕物小町の顔もみたいでな。お仲が帰るまで待つ。それでいいな、市蔵」

「あっしはかまいやせん。おまかせいたしやす」

「四方山話《よもやまばなし》など聞かせてくれ。おれは世間知らずの我が儘者でな、人情の機微《きび》がよくわからぬのだ。裏長屋の住人の暮らしぶり、浮世の裏で蠢《うごめ》く輩のやり口など、聞きたいことがたくさんある」

身を乗り出して眼を輝かせた右京亮に、

「よろしゅうございます。あっしの知っているかぎりのことを話しやしょう」

笑みをたたえて市蔵が応じた。

四

表戸の前に立ったお仲が、ゆっくりと後ろを振り返った。ついてきた竹吉が、ぶつかりそうになって、あわてて動きを止める。

「いきなり振り向くなんて、何かあったんですかい」

訊いてきた竹吉にお仲が仏頂面で応えた。

「気づいてなかったのかい」

「何のことで」

「つけられてたんだよ、朝、家を出たときからずっと」

「つけられた、誰がつけてきたんですかい」

「竹にいっても、わからない話だよ。先に入りな」

「そうですかい」

首を捻りながら、竹吉が表戸を開けて、足を踏み入れた。

やって来たほうを見据えて、お仲が声高に告げた。

「朝から尾行には気づいていたんだよ。明日もつけてくるようだったら、ひっくくるからね。覚悟しときな」

くるり、と背中を向けて、お仲がなかに入った。

町家の陰に身を置いて、そんなお仲を見やっていた伝吉が、呆れかえってつぶやいた。

「なんて鼻っ柱の強い女だ。捕物小町の噂どおり、なかなかの美形だが、あれじゃ、嫁のもらい手は出てこねえだろうな、なみの男じゃ、御《ぎょ》しきれねえぜ」

独りごちた伝吉が眼を見張った。

少し離れた町家の外壁に身を寄せていた浪人のひとりが、後退るようにして通りへ出た。伝吉のほうにやってくる。伝吉が、町家に沿って動き、通り抜けに身を隠した。

身を低くした伝吉の眼の前を浪人が通り過ぎていく。伝吉に気づいた様子はなかった。

つけていくか残るべきか、伝吉に迷いが生じた。

が、それも一瞬のこと……。

そのまま残って、お仲の住まいを張り込みつづける浪人を見張る、と伝吉は決めた。

いずれ残った浪人は、去っていった浪人のもとへもどるだろう、と推量したからだった。

浪人を見張ることのできる、もとの町家の陰に伝吉は身を移した。

「お父《と》っつぁん、焦臭いことになってきたよ。みょうな奴らが」

話しながら奥の座敷に入ってきたお仲の足が止まった。

神妙な顔つきの竹吉が、市蔵の斜め後ろで正座していた。笑みをたたえた市蔵と向かい合って、武士が坐っている。大柄で、がっしりした体軀。太い眉、切れ長な眼、高い鼻など顔の造作すべてが大作りな、いわゆる男らしい顔立ちだった。年の頃は三十代半ば、生来のものだろうか、他を圧する重々しい風格が備わっている。それでいて、小粋な雰囲気も持ち合わせていた。岡場所などの色里へ足繁く通い、どっぷりと浸りきったこともある遊蕩《ゆうとう》が、残り香のように身に染みついているのだろう。

遊び慣れたようにもみえるが、一本筋が通っているようにもみえる、摑み所のないお人。それが、武士を一目みたときに感じた、お仲の偽らざるおもいだった。

「お父っつぁん、どこのどなたさまだい、このお武家さんは」

立ったまま問いかけたお仲に市蔵が、

「なんでえ、突っ立ったままで。とんがった顔をしてねえで、坐ったらどうだい」

ここに坐れ、といわんばかりに市蔵が自分の右脇を手で叩いた。

合点のいかぬ顔つきで、お仲が市蔵のそばに坐った。

「娘のお仲で。こいつの物心つかぬ頃に病《やまい》で女房があっけなく死にやして、男手ひとつで育てたものだから、こんな跳《は》ねっ返《かえ》りになっちまって」

「何が跳ねっ返りだよ、これでも優しいところもあるんだよ、お父っつぁんは、よく分かっているだろう」

不満げに口を尖らせたお仲がことばを重ねた。

「それより、このお武家さん、どこのどなたさまか、話しておくれよ」

「そうだったな。このお方は」

いいかけた市蔵を遮《さえぎ》るように右京亮が声を上げた。

「早川右京亮だ。今日から長い付き合いになる」

笑みをたたえた右京亮を、お仲が探る眼で見つめた。

「長い付き合いになるかどうか、まだわからないけどね」

と小声でいい、何かを思い出したか、はっとして、つぶやいた。

「早川、右京亮だって。まさか」

あわてて眼を向けたお仲に、笑みを含んで市蔵が告げた。

「そのまさかだよ。北町のお奉行さまだ」

「お奉行さま。あたしゃ、とんでもないとこ、見せちまった、穴があったら入りたいよ」

躰をすくめたお仲が坐り直して姿勢を正した。おずおずと小声で市蔵に訊いた。

「お奉行さまが、いったい何の御用で、ここへいらっしゃったのさ」

「お仲たちが辻斬りの一件を調べていると耳にはさまれてな。松崎さまや中島さんから、その探索、誰に命じられてやっているのだ、直ちに手を引け、と横槍が入らぬよう気配りしてくださったんだ。お奉行さまは、大介さんの手先をつとめながら内与力の三好小六さまの手先としても動いてくれ、と仰有ってるんだよ」

横から右京亮が声をかけた。

「植村大介は見習い同心として北町奉行所に出仕することになっている。跡目相続の願い書を、おれが認許《にんきょ》した。いま、手続きのさなかだ」

ことばを市蔵が引き継いだ。

「明日、七つに三好さまのところに顔を出すことになっている。お仲も一緒だ」

「ほんとうかい。じゃ、これからは植村の旦那が斬り殺された一件を、大っぴらに調べることができるんだね」

「お奉行さまのお声がかり、内与力の三好さまの手先としてな」

「嬉しいねえ。お奉行さま、ほんとうにありがとうございます」

深々とお仲が頭を下げた。

「ところで、今日の調べはどうだった。何かわかったかい」

問いかけた市蔵にお仲が眉をひそめた。

「辻斬りにやられた者たちのことを聞き回っていた伊三郎というやくざをひっ捕らえて、自身番の牢に入れてきたよ。それと、もうひとつ、朝から、みょうな浪人五人があたしたちをつけまわしてさ、いまも、ふたり、ここを見張っているよ」

「何だって。お奉行さま、どうしやしょう」

訊いてきた市蔵に右京亮が応えた。

「このまま、尾行させておけ」

「このまま、ほうっておくんですかい」

おもわず市蔵が声を上げた。お仲と顔を見合わせる。右京亮がつづけた。

「捕まえようとおもえば、いつでもひっくくることができる。それより伊三郎のことだが」

「伊三郎が、どうかしたんですか」

訝《いぶか》しげにお仲が訊いた。

「その伊三郎と子分のふたりは町々の噂を知るために使っている、おれの手先だ。松崎の調べ書が、あまりにも粗雑《そざつ》な仕上がりでな。気になったので、辻斬りに殺された者たちのことを調べさせた。お仲が辻斬りの一件を調べていると知らせてきたのも、伊三郎たちだ」

「そうとは知らず、あたしゃ、大変なことをしてしまった。伊三郎が竹に乱暴を働いたんで、十手の先で脇腹を突いてしまったんだよ。気を失ったんで、竹に担がせ自身番へ運んで、牢に入れて引き上げてきたのさ。取り調べるつもりだったんだけど、伊三郎は気絶したままで、当分の間、正気《しょうき》づきそうもなかったんでね」

突然、右京亮が高笑いした。かげりのない、愉快そうな笑い声だった。

呆気《あっけ》にとられて、訝しげな顔を向けたお仲と市蔵に話しかける。

「伊三郎には、いい薬だ。伊三郎の剣術は、そこそこの腕前でな、男相手だとそれなりの心構えをするが、お仲の器量のよさに騙《だま》されて、うっかり油断したのだろう。すまぬが明日にでも、牢から出してやってくれ」

「わかりました。けどね、お奉行さま、あたしは騙したつもりはありませんからね、騙すなんて人聞きの悪いいい方はよしにしてくださいな」

頬をふくらませたお仲に右京亮が、

「たしかにそうだ。十手を預かる者に、騙した、などというのは無礼千万、おれが悪かった。失言、取り消す。このとおりだ」

頭を下げた。

「お奉行さま、頭なんか下げないでくださいよ。逆に、あたしが困りますよ」

「そうか。捕物小町のお仲を困らせてしまったか。我が儘勝手に過ごしてきたせいか、ついつい、余計なことを口走ってしまう。どうもいかん」

神妙な顔つきとなって、右京亮が、うむ、とうなずいた。反省するこころを、おもわず仕草で表わした。そんな気がする右京亮の所作《しょさ》であった。

ちらり、と走らせたお仲の眼の端に、右京亮を好ましげに見やる市蔵の姿が映った。

家のなかへお仲が入ってから、小半刻（三十分）ほど過ぎた頃、張り込んでいた浪人に動きがあった。

もうお仲が出かけることはあるまい、と判断したのか、潜んでいた町家の陰から浪人が出てきたのだ。

通りへ出て、急ぎ足で歩いていく。あらかじめ行く先が決まっている歩き方だった。その後を、伝吉が町家にぴたりと躰を寄せるようにしてつけていく。

空一面に広がる幾重にも重なった黒雲が、いまにも建家の屋根に覆い被《かぶ》さらんばかりに垂れ込めている。

尾行するには、もってこいの夜であった。

五

駒形の市蔵の住まいで右京亮と市蔵、お仲たちが話し合っていた頃……。

八丁堀の松崎勇三郎の屋敷の一間では、上座に坐る松崎と斜め横に控える中島盛助、向き合うように岡っ引きの大橋の権造、その斜め後ろに右京亮をつけていた下っ引きが坐っていた。

「重ねて訊くが、御奉行は間違いなく船宿の舟に乗って夜釣りに出かけられたというのだな」

眼を向けた松崎に中島が応えた。

「御奉行は釣り竿を手にしておられたそうです」

振り向いて、ことばを重ねた。

「そうだったな、仙太《せんた》」

突然、話をふられて緊張したのか、仙太と呼ばれた下っ引きが身を固くした。

「お奉行さまは、たしかに竿を片手に持っておられました。魚籠も、下げていました」

おずおずと応えた仙太に、松崎が問いかけた。

「釣りから船宿にもどられた御奉行の姿は見届けていないのだな」

「舟が、船着場から離れて大川へ向かうのを見送って引き上げてきやした。夜釣りに出かけたとしかおもえなかったもんで」

「釣りに出かけたとみせかけて、どこかの岸に舟を着けさせ、いずこかへ出かけたかもしれぬではないか。とんだしくじりをしおって」

底光りのする松崎の眼で睨まれ、仙太が肩をすくめて俯《うつむ》いた。

顔をしかめた中島が権造に声をかけた。

「権造、下っ引きに、もっと探索のいろはを教え込まぬといかぬではないか」

「気をつけやす」

おもわぬとばっちりに、しかめっ面で小さく顎《あご》を引いた権造に中島が問うた。

「例のふたりには、捕物小町のお仲が辻斬りで殺された町人たちの身辺を調べ回っている、尾行をつけるように、との松崎さまからのお指図、つたわっているであろうな」

「中島の旦那から指図を受けた後、昨夜のうちに、あっしが出向いて、つたえてありやす。深更《しんこう》になりましたが、例のふたりがそれぞれ使っている、土地《ところ》で一家をかまえるやくざ、今戸の甚助、聖天の貞六のところにもふたりと一緒に行って、あっしが直に話をし、駒形の市蔵の住まいを教えておきやした。それぞれの一家から用心棒の浪人を数人ずつ出しあって、お仲を尾行するという段取りになっておりやす。明日の朝にも、甚助と貞六を訪ねて、お仲がどんな動きをしているか、聞いてまいりやす」

「そうしてくれ」

顔を向けて、中島がことばを重ねた。

「松崎様、今後のことは、明日の権造の報告を待ってからということにいたしませぬか。いままでどおり仙太には北町奉行所の裏門、権造の、もうひとりの下っ引き、諸吉《もろきち》には表門を見張らせて、御奉行が外へ出られるときには、奉行所へ帰られるまで尾行する。そういう段取りでいかがでしょうか」

「よかろう。早川右京亮は、いままで御奉行に赴任してきた大身旗本たちとは明らかに違う。どこがどう違うのかうまくいえぬが、銭相場で大儲けしている銭勘定に長《た》けた山師旗本、巨額の裏金を幕閣《ばっかく》の重臣たちにばらまいて北町奉行の座を買った名誉欲の塊《かたまり》、と陰口を叩かれているが、面と向かって話してみると、事の善し悪しがはっきりしているともえば、みょうにいい加減なところもある。俗にいう摑み所のない人物だが、何か企んでいるのはたしかだ。此度《こたび》の辻斬りの件、おれたちの墓穴にならぬよう用心に用心を重ねねばなるまい」

「心得ております」

「抜かりなく動きやす」

ほとんど同時に中島と権造が応えた。

歩きながら樋口作次郎は、首を傾げた。さっきから同じ道筋をたどっているような気がしたからだ。行く手の堀川に架かる小橋に見覚えがある。見かけるのは、これで三度めであった。

その小橋のたもとに立ち止まり、三人の浪人が何やら話し合っている。堀川の両岸の河岸道《かしみち》には数軒の居酒屋が建ちならんでいた。構えからして、いずれも貧しい町人相手に安酒を商《あきな》う居酒屋とみえた。

深更のこと、その居酒屋も、すでに暖簾をしまい、明かりも消えている。

重なり合った黒雲が、遥《はる》か天空で煌めいているはずの、星々の輝きを遮《さえぎ》っていた。

足を止め、町家の陰に身を潜めた作次郎は、背後から迫る足音に気づいて、目線を走らせた。

十人ほどいるように見えたが、間近に迫ってくるのを眼で数えたら、浪人が五人であった。着流しの者もいれば袴姿もいる。いずれも月代《さかやき》をのばしていた。

町家の外壁に寄り添うようにして身を隠し、作次郎は浪人たちの動きを追った。

小橋のたもとにいる三人の浪人が振り向いた。近づいてくる浪人たちに歩み寄る。行きあった浪人たちが、作次郎がいるほうに顔を向けた。

つけていた浪人たちは、加勢が来るのを待っていたのか。おれが尾行していることに、奴らはとっくに気づいていたのだ。何たる不覚。作次郎は無意識のうちに奥歯を嚙みしめていた。

大刀の鯉口《こいぐち》を切る。

そのとき、背後から発せられた殺気を感じて、作次郎は通りへ走り出た。

刀を抜く。

生まれて初めての真剣での斬り合いだった。詰まりそうになった息を、作次郎はおもいきり吐きだした。

間髪《かんはつ》容れず、息を吸い込む。

呼吸をととのえるためにやったことだった。その行為が、作次郎に、つねと変わらぬ落ち着きを招き寄せた。

姿をさらした作次郎に向かって、小橋のたもとに立っていた浪人たちが、加勢とともに大刀を抜き連れながら、駆け寄ってくる。

大刀を抜いた五人の浪人が、作次郎が潜んでいたあたりから通りへ走り出てきた。そのうちのひとりに作次郎は見覚えがあった。

浪人たちが二手に分かれたとき、お仲をつけていったふたりの浪人のうちのひとりであった。

挟《はさ》み撃《う》ちされたか。胸中で、作次郎は呻《うめ》いた。

周囲を見渡す。

咄嗟《とっさ》の判断だった。

刀を右八双《はっそう》に構えた作次郎は、小橋へ向かって突進した。

予想外の作次郎の動きに、小橋のほうから迫ってきた浪人たちの足が止まった。

が、それも一瞬……。

気を取り直した浪人たちが、相次いで作次郎に斬りかかった。

走り抜けざまに大刀を左右に打ち振って、作次郎は、ふたりの浪人を斬り倒していた。

倒れ込むふたりには見向きもせず、作次郎は小橋の手前を左へ折れた。

堀川を背にして、刀を右下段に構える。

背後に堀川を置けば、少なくとも後ろからの攻撃はない。前と左右、三方の敵なら防ぎようもある。作次郎は、そう考えたのだった。

浪人たちは、半円を描くように陣形を組んだ。修羅場慣れしているのか、乱れのない動きだった。

すでにふたり、倒されている。浪人たちの顔には、凄まじいばかりの殺気がみなぎっていた。

浪人たちは、半歩ずつ間合いを詰め、半円を縮めてくる。

斬りかかってくるまで動かぬ、と作次郎は決めていた。

下手に動けば、背後に隙が生じる。迫り来る剣の動きだけに気を注ぐ。たとえ同時に大刀を突き出されても、それぞれの刀の動きには、わずかの差違が生じるはずだ。太刀《たち》捌《さば》きの速さには、おのおの違いがあることを、多数の剣客と立ち合った作次郎は、身をもって知り尽くしていた。

次第に間合いが狭まっていく。

右下段に大刀を置いたまま、作次郎は、金縛《かなしば》りにあったかのように、前方の一点を見据えている。

絡《から》繰《くり》之《の》参《さん》

一

微動だにしない樋口作次郎に左右から浪人たちが斬りかかった。

傍目には同時に斬りかかったと映ったふたりの動きだったが、作次郎には、左手の浪人の踏み込みが、わずかに早く感じられた。身を沈めながら、一歩左へ動いて間を詰めた作次郎は、刃を合わすことなく、浪人の右脇腹から左腋《わき》の下《した》へと大刀を振りあげていた。

よろけて、つんのめった浪人を、斬り込んだ勢いを御しきれず、右手の浪人が袈裟懸《けさが》けに斬り捨てていた。

思わぬ同士討ちに、愕然《がくぜん》として息を呑み、棒立ちとなった右手の浪人の胸元に、作次郎は躊躇《ちゅうちょ》することなく突きを入れた。心ノ臓を貫いたのか、抜いた切っ先を追って血飛沫《ちしぶき》が上がった。

迅速極《じんそくきわ》まる作次郎の太刀捌きであった。

折り重なるように倒れたふたりの浪人から一歩でも遠ざかろうと、作次郎は左へと身を移した。万が一にも、倒れた浪人が死力を振り絞って、地面すれすれに大刀を突き出したとしても、届かぬほどの間を置いて作次郎は足を止めた。

再び、川を背にした作次郎は、右下段に刀を構えた。

残るは四人。作次郎は、再び半円状に陣形を組んで迫る浪人たちの立ち位置と、それぞれとの間合いを計るべく、目線を走らせた。

人の呻《うめ》き声が聞こえたような気がした。

お仲の住まいを張り込んでいた浪人をつけてきた伝吉は、立ち止まり、耳をそばだてた。

突然……。

つけてきた浪人が走り出した。

走りながら刀を抜き放つ。

伝吉は草履《ぞうり》を脱いだ。脱いだ草履を手に後を追う。伝吉が足袋で走り出したのにはわけがあった。足袋は草履より足音を消す。尾行してきたことを浪人に気づかれぬための手立てであった。

町家に沿って走った伝吉は足を止めた。

小橋の近くで抜刀した浪人たちが、半円を描いて身構えていた。

つけてきた浪人が、

「遅れてすまぬ」

声をかけて浪人たちに駆け寄った。

新たにくわわる浪人の立ち位置をつくるために、陣形がくずれた。

くずれた陣形の間から、川を背に大刀を構えた樋口作次郎の姿が見えた。

あいつら、おれたちがつけていることに気づいていたのか。伝吉は、胸中で呻いた。

ぐるりを見渡す。

野良犬一匹、見あたらなかった。

通りには黒い塊がふたつ、転がっている。眼を凝《こ》らすと、それらは地に伏した人だとわかった。おそらく、作次郎が斬り倒したのだろう。

河岸道に眼をうつすと川沿いに大きな塊がみえた。ふたりが折り重なっているようにおもえた。

通りにふたり、川岸にふたり、あわせて四つの骸《むくろ》が転がっている。作次郎が襲われてから、かなりの時が過ぎ去っているのではないか。伝吉には、そうおもえた。

くそっ、何とかしなきゃなるめえ。どんな手があるっていうんだ。伝吉は、胸中でおのれに問いかけていた。

浪人たちに、仕掛けてくる気配はなかった。すでに四人斬られている。作次郎が、相当な使い手であることを、浪人たちはおもいしらされているのだろう。

多勢に無勢の斬り合いでは、ひとりのほうが早く疲れる。多数に気を注がねばならぬからだ。持久戦に持ち込んで作次郎の気力が衰え、集中する力が失われるのを待つ。敵が、その策に切り替えたことを、作次郎は察知していた。

新たに加わった顔に、作次郎は見覚えがあった。お仲の住まいを張り込むために、ひとり残った浪人であった。

五人相手にどう戦うか。このまま動かぬと、浪人たちの策に陥《おちい》るだけだ。作次郎は正面の浪人を見据えた。駆けつけた浪人が戦いに加わったとき、顎をしゃくって、立つ位置を指図したのが、正面の浪人だった。鋭い目つき、がっちりした体軀の、その浪人が、おそらく頭格《かしらかく》なのではないか、と作次郎は推察した。

右手には、折り重なるように倒れ込んだふたりの浪人の骸が転がっている。その骸が遮《しゃ》蔽物《へいぶつ》と化して、積んだ俵《たわら》とおなじ役割を果たし、作次郎の右への動きを封じていた。

左へ動くしかなかった。

浪人たちの出方を見極めるべく、作次郎は右下段から左下段へと刀を構えなおした。

右手の浪人の持った大刀が、わずかに揺れた。その気配を察したか、頭格が、

「動くな」

顔を向けることなく、声をかけた。

浪人たちが誘いに乗ってこないことは、これでよくわかった。こうなったら、左へ走るしか手はないようだ。左手の敵に斬りかかったら、少なくとも右手にいる浪人には背中を向けることになる。左手の浪人と斬り結ぶことになれば、浪人たちは一斉に背後や、斜め後ろから斬りかかってくる恐れがあった。

浪人たちの陣形に綻《ほころ》びが生じるのを待つしかあるまい。綻びがつくりだした隙をつくしか手はないようだ。作次郎が、そう腹をくくったとき……。

夜気を震わせて、呼子《よびこ》が鳴り響いた。

「夜廻りの役人」

呻いた頭格が、

「引き上げろ」

と声高く下知した。

大刀を構えたまま浪人たちが、作次郎が数歩踏み込んでも刀が届かぬところまで後退っ

た。そこで一斉に背中を向け、走り去っていく。

左下に大刀を置いたまま、作次郎は浪人たちの後ろ姿を見つめていた。

走り寄る足音が聞こえた。

眼を向ける。

黒い影が見えた。

近づくにつれ、その姿が次第に明らかになっていく。

黒い影、それは無用の伝吉であった。

近寄ってきた伝吉に作次郎が、

「呼子が鳴った。見廻りの役人が来る。逃げたほうがいいぞ」

にやり、として伝吉がいった。

「役人なんか、来ませんよ」

「呼子が鳴ったのだ、必ず来る」

「呼子は、あっしが吹いたんでさ。この呼子をね」

懐から呼子を取り出して、伝吉が作次郎の眼の前に掲げてみせた。

「そんなもの、どこで手に入れたのだ」

「間抜けな岡っ引きの住まいに忍び込んで盗んだんで。お盗《つと》めをしくじって、捕方たちに追われたときに使うんでさ。呼子を鳴らして捕方たちを引き寄せ、隠れる。捕方たちが走り去ったのを見届けて、捕方たちがやって来たほうへ逃げるという段取りでして。あっしにとっては、盗みの七つ道具のひとつとでもいいやすか、何かと重宝《ちょうほう》しておりやす」

不敵な笑みを伝吉が浮かべた。

「稼業の知恵というやつか。おかげで助かった。あのまま、五人を相手に戦いつづけたら、おれは疲れ果てて、やられたかもしれぬ。伝吉は、命の恩人だ」

大刀を鞘におさめて、作次郎が伝吉に微笑《ほほえ》みかけた。

二

元町の作次郎の修行場へ帰る道すがら、お仲をつけるために、明日も浪人たちが姿を現すかどうか、ふたりで話し合った。作次郎は、

「斬り合いで四人を斬り捨てた。顔を合わせれば、必ず修羅場《しゅらば》となるだろう。来るはずがない」

「あっしは、来るとおもいやすね。ただし、別の奴らが顔を出すでしょう。昨夜のことは、おれたちゃ何にも知りませんて顔をしてね」

「おれは、来ないとおもう」

「賭けやすか。あっしは来るほうに賭けやす」

「賭けは嫌いだ。いままで賭け事はやったことがない」

そっけない作次郎の物言いだった。

横目で伝吉は作次郎を見やった。

いつもと変わらぬ生真面目な顔つきで前方を見据えたまま、作次郎は歩みをすすめている。つねに相手の手の内を探りながら、命のやりとりをする、すべてが現実の積み重ねの剣術の修行と、出たとこ勝負、行き当たりばったりの博奕《ばくち》とは、真反対に位置する、決して相容れないものだと、伝吉は考えていた。

念入りに調べ上げて、忍び込む手口を思索する。紐《ひも》を組むように細部まで練り上げ、目論んでいく盗みの手立ても、すべて現実を積み重ねることで成り立っている。

不謹慎なようだが、剣の道も盗みの術も、現実を積み重ねることでしか成り立たない。自分に都合のいい見方をして現実を見落としたときには、剣の勝負、盗みの仕掛けにも、必ず、何らかのしくじりが生じてくるのは明らかだった。

正直いって、伝吉も賭け事は嫌いだった。

賭け事が嫌いってところは、おれと同じか。見いだした、おもわぬ共通点に、伝吉は作次郎にみょうな親しみを覚えていた。

しばしの沈黙があった。

歩きながら、作次郎が声をかけてきた。

「浪人たちに襲撃されたこと、早川さんに知らせねばならぬな」

「書状にして、伊三郎のところの金平にでも届けさせたらいいんでしょうが、何にでも首を突っ込みたがりそうな連中だ。根掘り葉掘り、書状の中味について探りを入れられたら、何かと面倒ですね」

「夜、北町奉行所に届けたほうがよさそうだな。早川さんが出かけていたら内与力の三好さんに書状を預ける。そうすれば確実に早川さんの手に渡る」

「三好さんといいやすと」

「茫洋《ぼうよう》として、昼行灯《ひるあんどん》のようにみえるが、早川さんお気に入りの家来だ。そのことは、三好さんを内与力として屋敷から北町奉行所へ連れていかれたことでもわかる」

「三好さんねえ。一度、顔合わせしたいもんで」

「折りをみて早川さんが引き合わせるだろう。早川さんの身近にいるのだ。いずれ三好さんは、お助け組の動きに巻き込まれることになる。おれは、そうおもう」

「宮仕えに慣れた三好さんには、気の毒な話のような気もしやすが」

「なあに、案外、三好さんはおもしろがるかもしれぬ。何しろ、あの早川さんが、痒《かゆ》いところに手の届く、それでいて、ほどのいい奴、と評しているお人だからな」

「ますます会ってみたくなりやした。樋口さんからお奉行さまに、伝吉が三好さんに会いたい、といっていたと話しておいてくだせえ」

「約束する。早川さんに会ったら、そのこと、つたえておく」

「頼みます」

「おれからも頼みがある」

「頼み？」

「おれは、どうも文字を書くのが苦手でな。早川さんへの書状、書いてくれぬか、伝吉」

「細かいことがわかりやせん。話してくださったら書きやしょう」

「すまぬな、手間をかけて。躰を動かすのは苦にならぬが、文机《ふづくえ》の前に坐っていると、すぐに尻がむず痒くなってな、どうにも落ち着かぬのだ。微禄の御家人の次男坊の身、学問が苦手だと出世は望めぬ。ならば剣で身を立てようと、一刀流の青柳《あおやぎ》道場に入門した。どういうわけか、剣術はめきめきと上達してな、一年もたたぬうちに目録を許されることになった。金がないので免状はもらえぬ、と早川さんに愚痴ったら、それならおれが出してやる、と用立ててくれた。皆伝のときもそうだった。早川さんには甘えてばかりだ。恩に着せる素振りもみせぬ早川さんに報いるには、修行するしかない。そうおもって夢中で錬磨した剣術には、それなりに自信があるのだが、学問はいまだに苦手だ。そのくせ、ふしぎなことに武術の書だけは、飽きることなく読みつづけることができる。そんなこんなで、いまだに書状の中身をうまくまとめられぬのだ。武士のたしなみの学問が不得手とは、情けない話だがな」

面目なさそうに作次郎がいった。

「そんなこたぁ気にすることはありませんや。剣術使いは腕が達者なら、それで十分でさ」

「そういってもらえると、おれも気が楽になる。書状を書き上げて眠りにつくことになる。できるだけ眠りたい。急いで帰ろう」

「同じおもいでさ」

足を速めた作次郎に伝吉がつづいた。

翌早朝、回向院裏にある修行場を兼ねた住まいを出た作次郎と伝吉は、お仲の住まいへ向かった。

作次郎の懐には、昨夜、浪人たちと斬り合うにいたった成り行きを、伝吉が代筆した書状が入っている。

ことばを交わすこともなく、早足で向かったふたりは、小半刻（三十分）ほどで駒形町の、お仲の住まいの近くに来ていた。

突然……。

町家の陰に伝吉が身を寄せた。つづいた作次郎に、振り向くことなく伝吉が小声で話しかけた。

「樋口さん、賭けをしてたら、あっしの勝ちですぜ。浪人三人が、お仲の住まいを見張ってまさあ。もっとも、浪人たちの面子は変わってますがね」

じっと見つめて作次郎が応じた。

「浪人たちの雇い主は、お仲の動きがよほど気になるようだな。隙をみて、お仲の命を奪うつもりか」

「今夜あたりが危ないかもしれねえ。差し向けられた浪人たち、やけに獣《けもの》じみた面をしてますぜ」

眼を浪人たちに注いだまま、伝吉が呻くようにいった。

三

五つ（午前八時）過ぎに、お仲と竹吉が住まいから出てきた。

急ぎ足で歩いていく。その後を浪人たちがつけていく。浪人たちの後を、作次郎と伝吉が尾行していった。

昨日と同じような成り行きだった。

が、大きな違いがひとつだけあった。

浪人たちが時々振り返り、作次郎と伝吉がつけてくるのをたしかめるような素振りを繰り返している。おそらく、昨夜斬り合った浪人たちから、作次郎と伝吉が尾行していることをつたえられているのだろう。

「どうやら、あっしたちがつけていることは、先刻ご承知のようで」

「あいつらが狙っているのは、お仲ではなく、おれたちかもしれぬぞ」

「樋口さんの推測、的を射ているかもしれませんぜ。あっしらをつけてくる奴らがいます。五、六人はいるような気がしやすが」

「おれも気づいていた。お仲をつけている浪人たちと合わせて十人ほど、昨夜のことを考えたら、そんなところだろう。もっとも、途中で新手が加わるかもしれぬがな」

「昨日の呼子の手が使えればいいでしょうが、そう甘い相手ではなさそうだし、逃げるが勝ちの一手で行くしかねえかもしれやせんね」

「そうもゆくまい。敵は、お仲ともども、おれたちを始末するつもりだろう。お仲を見捨てて逃げるわけにもいくまい。早川さんは、お仲の身を守るために、おれたちを差し向けられたのだ」

「それはそうですが、お仲を連れて逃げるにはどうしたらいいか、ない知恵を絞らなきゃいけやせんね」

「そのあたりのところは伝吉にまかせるしかない。おれは、力のつづくかぎり戦うことしかできぬ」

「何とか考えやしょう。夜まで、たっぷり時がありやす」

「お仲が、どこかに入っていく。ここからだとよく見えぬ」

「伊三郎が運び込まれた自身番のような気がしやすが。どうせ尾行していることは気づかれているんだ。よく見えるところへ場所を変えやしょう。あっしらが姿をさらすことで奴らがどんな動きをするか、試すいい折りですぜ」

「そうだな」

応えた作次郎が浪人たちのいるほうへ歩きだした。伝吉がつづく。

後ろから伝吉が作次郎に声をかけた。

「樋口さん、やっぱり伊三郎がほうりこまれた自身番だ。お仲は、伊三郎を調べるつもりで来たんですぜ」

「すぐにわかる。ここらでお仲が出てくるのを待つとするか」

「浪人たちから、こっちが丸見えですぜ。向こうもこっちを見てまさあ」

「これで、お互い姿を隠す手間がなくなったわけだ。余計な神経を使わずにすむ」

不敵な笑みを作次郎が浮かべた。


その頃、北町奉行所の同心詰所にいた中島盛助を、やってきた大橋の権造が庭へ呼び出していた。

不機嫌な顔つきで中島が訊いた。

「何だ、急ぎの用とは。もうじき朝の会合が始まる。手短に話せ」

「大変なことが起きやした」

「大変なこと」

鸚鵡《おうむ》返しした中島に権造が、

「ちょいとお耳を拝借しやす」

顔を近づけ、口を中島の耳元に寄せた。

聞き入っていた中島の顔が驚愕に歪《ゆが》んだ。

「何、つけていた浪人が四人、斬られただと」

思わず声を上げた中島の口を押さえんばかりに、あわてて掌《てのひら》をあてた権造が、

「お静かに願いやす。人目がありやすぜ」

ぐるりを素早く見渡した。

小声で中島が問うた。

「今戸の甚助が差し向けた用心棒たちを斬った浪人、何者であろうか」

「めっぽう腕の立つ野郎だそうで。呼子が鳴ったんで、役人が駆けつけたら何かと面倒だと判じて用心棒たちは引き上げてきた、それから後のことはわからねえ、と聞きやしたが」

「そのこと、誰が知らせてきた」

「明六つ過ぎに、住まいの表戸を叩く奴がおりやす。出て行くと今戸の甚助のところの子分が立っておりやした。親分が急ぎ話したいことがあるんで、ご足労願いたいということで、取る物もとりあえず出かけやした」

「浪人が何者かは、わからずじまいか」

「その浪人、遊び人ともやくざともつかぬ町人とふたりでお仲の後、いやお仲の後をつける用心棒たちの後を、朝からつけまわしていたそうでして、胡乱《うろん》な奴ら、引っ捕らえて責めにかけ、どこの誰か、何のためにつけてきたのか聞きだすつもりで、罠《わな》を仕掛けて襲いかかったそうですが」

「おもいのほかの剣の手練《てだ》れだったということか」

「とりあえず知らせておきやす。今日は聖天の貞六一家の用心棒たちが出張るそうでして、用心棒四人が斬られたことは聖天貞六一家にもつたえてある、と甚助がいっておりやした」

首をひねって中島がつぶやいた。

「お仲が用心棒を雇ったともおもえぬ。そのふたり、何のためにつけてきたのか。何者かわからぬ以上、いまのところ、用心するしか手はなさそうだ」

顔を向けて、ことばを重ねた。

「権造、このこと、今戸の甚助、聖天の貞六の雇い主のふたりにもつたえておけ。例の商《あきな》い、しばらく控えるようにしろ、ともな」

「わかりやした。いまからふたりにつたえにいきやす」

浅く腰をかがめた権造が中島に背中を向けた。

四

自身番の板敷の間の壁に備え付けられた鉄の環《わ》に繋《つな》がれ、荒縄で後ろ手に縛りあげられた伊三郎の前に立って、お仲が声をかけた。

「伊三郎、疑いは晴れた。解き放つよ」

したがう竹吉を振り返って、ことばを重ねる。

「竹、伊三郎の縄を解《ほど》いておやり」

「わかりやした」

歩み寄った竹吉が伊三郎の背後にまわり、片膝をついて縄を解いた。

指が強張っているのか、手でさすりながら伊三郎が顔を上げた。

「何にも悪いことはしてねえ。疑いが晴れたというが、どんな疑いがかかっていたんだい」

睨みつけてお仲が、告げた。

「四の五のいうんじゃないよ。竹に襲いかかって突き飛ばした罪は見逃してやろうといってるんだ。足下のあかるいうちに、さっさと出ていきな」

肩をすくめた伊三郎が、

「その手できたかい。いっておくが、おれには脅しは利かねえぜ。十手が怖くて侠客稼業はつとまらねえ」

立ち上がりながら、睨み返した。

「いきがるのは止《よ》しな。もう一度、ひっくくるよ」

帯に差した十手に手をかけたお仲に、

「今度は、昨夜みてえにはいかねえぜ。女だてらに、いきなり十手で突きかかってくるとは、おもってもいなかったんだ。もっとも、油断したほうが悪い。いまのは、おれの負け惜しみってやつだ」

「素直なところもあるんだね。竹、表まで送っておやり」

横を向いたお仲に、

「お世話になりやした。引き上げさせていただきやす」

芝居っ気たっぷり、馬鹿丁寧に伊三郎が深々と腰をかがめた。

自身番の表戸から出てきた伊三郎に気づいて伝吉が作次郎に声をかけた。

「どういう風の吹き回しか、伊三郎が解き放たれましたぜ」

「何があったのだろう。何はともあれ、放免されたのは、いいことだ」

「ご丁寧に下っ引きが見送ってますぜ。あの、下っ引き、たしか、竹、とお仲に呼ばれていやしたね」

「おれもこの耳で聞いた。お仲が、竹と呼んでいた」

見つめていた伝吉が、

「あれれ、伊三郎の奴、いきがって肩を揺すりながら歩いてますぜ。まだ悪餓鬼の気分が抜けてねえようですねえ、かわいいもんだ」

笑みをたたえていった。

見やった作次郎も無意識のうちに微笑みを浮かべている。

張り込んでいる浪人たちに動く気配はなかった。

遠ざかる伊三郎を見送っていた竹吉が踵《きびす》を返して、自身番のなかに入った。

ほどなくしてお仲と竹吉が出てきた。来た道を引き返していく。

浪人たちがつけていく。

その浪人たちを、姿を隠そうともせずに作次郎と伝吉がつけていく。

浪人たちの尾行に、お仲は気づいているようだった。時々、立ち止まって後ろを振り返る。そのたびに、浪人たちが町家の外壁に身を寄せた。浪人たちにならって、作次郎と伝吉も町家の軒下に身を置いた。

再び、歩きだしたお仲たちを浪人たちが、その浪人たちを作次郎と伝吉がつけていく。奇妙な道行きといえた。

住まいへもどったお仲は表戸を開け、竹吉を先に入れた。一度、振り向いて、後退りして住まいに足を踏み入れたお仲は、表を見つめたまま表戸をしめた。どこに浪人たちが潜んでいるか、たしかめるための動きとおもえた。

それからお仲が出てくる気配はなかった。

八つ（午後二時）を少し過ぎた頃、十手を腰にさし、羽織をまとった五十すぎの男とお仲、竹吉の三人が表戸を開けて、出てきた。

眼を凝らした伝吉が作次郎に話しかけた。

「羽織の男が駒形の市蔵で。捕物上手と評判の岡っ引きの顔を憶えておく。盗人の心得のひとつでして」

「町中でたまたま出くわすこともある。そのときは近くで顔を合わせることがないように、脇道に入ったりするのだな」

「転ばぬ先の杖《つえ》みてえなもんで」

「そういえば、早川さんもいっていた。無用の勝負を避けるためには、うまく逃げ回る手立てを、あらかじめ何通りも考えておくことだ。必ず役に立つ。転ばぬ先の杖だ、とな」

「逃げ回る手立てを考えろか。樋口さんみたいな剣客に教えることじゃねえような気もしやすが、よく考えると、剣客として大成するためには、できるだけ怪我をしない、斬り死にしそうな場には近づかないように心がけるってのは、大事なことですよね」

「その通りだ。つねに丈夫な躰でいるよう心がける。達者でなければ、剣の錬磨には耐えられない」

「盗人もそうでさ。怪我したら躰がおもうように動かない。怪我を押して無理矢理、忍び込むのはしくじりのもとでさ」

前方に眼を向けて伝吉が首を傾げた。

「駒形の市蔵親分たち、柳橋を渡りましたぜ。ひょっとすると行く先は北町奉行所かもしれねえ」

「伝吉、おれの後ろへ回れ。北町奉行所は伝吉にとっちゃ、顔を見られたくない鬼門みたいなところだからな」

「そうさせてもらいやす」

前方に眼を据えたまま伝吉が応じた。

北町奉行所に近寄るのは、伝吉以上に浪人たちは苦手だったらしい。

つけていく道すがら、伝吉が作次郎に小声で肩越しに話しかけてきた。

「これからは、あっしらはお仲の用心棒だと、浪人たちに思いこませるように振るまいませんか。そのほうがお仲の身を守りやすいとおもいやすが」

うむ、と首を傾げた作次郎が、

「そうだな。そうするか。浪人たちが不意打ち同然に一気にお仲に斬りかかったとき、後ろからつけていたら、駆け寄っても間に合わぬときがあるかもしれぬ」

はっきりした口調で応えた。

「浪人たちを追い越すときは、声をかけやす。そのあたりの頃合いは、あっしに見極《みきわ》めさせてくれませんか」

「頼む。おれは、そのあたりの見極めは、まだまだ未熟だ。実のところ、昨夜のことも無駄な斬り合いをした、と反省しているのだ」

「なあに、すぐ見極めがつくようになりまさ。習うより慣れろ、といいやすからね」

「習うより慣れろか。剣術も同じだ。教えられてもわからぬ。何度も繰り返し錬磨《れんま》して、躰で憶えるしか手立てはない。修羅場を踏んでいくうちに、自然と身についてくることかもしれぬな」

「お奉行さまの仰有るとおり、転ばぬ先の杖こそ第一の心得、と肝に銘じて修羅場にのぞむ。動きのひとつひとつが、てめえの生き死ににかかわるとおもえば、死に物狂いにならざるをえませんや」

「たしかに。すべてが剣の修行につながっている。そんな気がする」

独り言のような作次郎のつぶやきだった。

呉服橋御門《ごふくばしごもん》を通り抜けた市蔵とお仲たちは、曲輪《くるわ》内に足を踏み入れた。つけてきた浪人たち、さらに作次郎と伝吉がつづいた。

浪人たちは、北町奉行所の表門の出入りを見張ることができるところで足を止めた。

そんな浪人たちに気づいて、伝吉が作次郎に声をかけた。

「そろそろ頃合いだ。追い抜きやしょう」

「わかった」

とくに歩調を変えようともせず作次郎はすすんでいく。北町奉行所の門番から見にくいように、伝吉が作次郎の斜め脇にぴたりと寄り添うようにして歩いていった。

浪人たちの前を、作次郎と伝吉が悠然《ゆうぜん》とした足取りで通り過ぎていく。

立ち話をしているかのように顔を寄せ合っていた浪人たちが、腹立たしげに作次郎たちを睨みつけた。

横目で浪人たちを一瞥した作次郎と伝吉が、北町奉行所へ向かって去っていく。浪人たちは動こうとはしなかった。そこで、市蔵やお仲たちが出てくるのを待つと決めたのだろう。作次郎たちをつけていた、後詰めの浪人たちは姿を現さなかった。たとえ八人ほどでも浪人が曲輪内に足を踏み入れたとなると、徒党を組むかもしれぬ不審な輩、と呉服橋御門を警固《けいご》する番士たちに咎められる恐れがある。無用な揉め事を避けるべく、後詰めの浪人たちは呉服橋御門の前で足を止め、作次郎たちが出て来るのを待っているのだろう。

北町奉行所の近くで立ち止まった作次郎と伝吉は、外堀の岸辺に立った。北町奉行所はふたりの斜め後ろに位置している。

向こう岸に、呉服町《ごふくちょう》の町家が建ちならんでいた。河岸道から脇へ入った樽新道《たるしんみち》を行き交う、手代や番頭と思える町人たちや酒樽を運ぶ大八車、荷を運ぶ人足たちの姿がみえる。

ここに幕府の呉服所、後藤縫殿助《ぬいどのすけ》の屋敷があったことから呉服町、呉服橋と名付けられた。が、呉服町とは名ばかりで呉服町一丁目には酒問屋が集まり、諸国の銘酒のほとんどが運び込まれる、酒商いの町であった。

「伝吉は酒は好きか」

声をかけてきた作次郎に、

「たしなむぐらいで。好きとはいえやせん」

「おれもだ。酒を呑むとすぐ眠くなる」

「あっしも、似たようなもので」

横目で窺っていた伝吉が口調を変えて、告げた。

「市蔵親分が門番に声をかけてますぜ」

振り返ろうとした作次郎に、ことばを重ねた。

「振り向いちゃいけねえ。気づかれますぜ」

「誰かに呼ばれたのかな」

「どうも、そうらしい。話が通じていたらしく門番が市蔵たちの先に立って、奥へ入って行きやしたぜ」

「とにもかくにも出てくるのを待つしかない。浪人たちの眼がなかったら、早川さんのところに懐の書状を届けたいくらいだ。歯がゆい話だ」

「あっしも同じおもいで。それにしても、浪人たちから見張られてるみたいで、みょうな気分ですぜ」

苦笑いして伝吉が浪人たちを振り向いた。

さっきと同じところに立ったまま、浪人たちが作次郎と伝吉を凝然と見据えている。

五

案内する門番に後ろから市蔵が声をかけた。

「与力詰所へ行くにしちゃ、道筋が違うような気がしやすが」

足を止めて門番が振り向いた。

「三好さまは内与力だが、その実は御奉行様の用人みたいな役割でな、御奉行様の役宅《やくたく》に詰めておられることが多いのだ」

「お奉行さまの役宅でございますか」

「そうだ。もうすぐ着く」

「わかりやした」

その後、市蔵と門番がことばを交わすことはなかった。

役宅の玄関の式台の前に立った門番が、奥へ向かって声をかけた。

「岡っ引きの駒形の市蔵、下っ引きのお仲と竹吉を連れてまいりました」

門番の後ろに片膝をついて市蔵、背後にお仲と竹吉が控えている。

近くにいたのか、三好が奥から出てきた。

「おう、やってきたか、約束の刻限どおりだな」

「お初にお目にかかりやす。駒形の市蔵でございます」

背後を振り向き、市蔵が話しつづけた。

「控えているのが、娘のお仲に竹吉でございます。あっしの下っ引きで」

「内与力の三好小六だ。門番、市蔵たちを奥庭へ案内してくれ。役宅での御奉行用部屋の前の庭だ」

「承知しました」

門番が腰をかがめた。

「市蔵、話は後で聞く」

笑いかけて三好が踵を返した。奥へ入っていく。

門番に案内されて市蔵たちが奥庭に入っていくと、先着したのか、庭に面した廊下に坐って三好が待っていた。

入ってきた門番に三好が声をかけた。

「ご苦労だった。引き上げてよいぞ」

「それでは」

浅く腰をかがめて踵を返した門番に、三好が呼びかけた。

「いい忘れたことがある。ちょっと待て」

「何か」

動きを止めた門番が、躰ごと振り向いた。

「向後《こうご》、駒形の市蔵、お仲、竹吉の三名は不肖、内与力、三好小六の小者《こもの》として働いてもらうことになった。同心、植村潤之助の小者として勤めていたときと同様、北町奉行所への出入りは自由勝手の扱いとする。このこと、他の門番たちにもつたえておいてくれ」

「わかりました。それでは」

再び腰をかがめて門番が背中を向けた。

庭から歩き去っていく。

見届けて、三好が声をかけた。

「市蔵、お仲、竹吉、近くに来い」

「おことばに甘えやす」

背後のお仲たちに顎をしゃくって市蔵が廊下のそばに歩み寄った。

片膝をつく。

つづいたお仲たちが、市蔵の背後で片膝をついた。

「おまえたちに会いたがっているお方がいるのだ」

笑みをたたえて三好がいった。

「会いたがっているお方が」

首を傾げた市蔵が、はっ、と気づいて、おもわず、

「まさか」

と声を上げた。

そんな市蔵にかまわず三好が用部屋へ向かって呼びかけた。

「殿、いや、御奉行、駒形の市蔵、お仲、竹吉の三人が控えておりますぞ。もったいぶらずに早《はよ》う出てきてくだされ」

「もったいぶっていたわけではない。着替えに手間取ったのだ。慣れておらぬせいか裃《かみしも》つけての登城は、面倒くさいこと、この上なしだ」

話しながら、小袖を着流した右京亮が戸障子を開けて、用部屋から姿を現した。

「お奉行さま、端から顔を見せていただけるとおもっておりやした」

廊下に出てきて胡座《あぐら》を組んだ右京亮に市蔵が声をかけた。

にやり、とした右京亮が、

「さすがだな、市蔵。顔を出すよう告げた刻限で、おれが北町奉行所にもどっている。きっと顔を出すはず、と読みとったか」

「おそらく、そのおつもりで七つという刻限を決められたんだろうと見立てやした。七つといえば、お奉行さまが千代田のお城から下城してこられる刻限、まず外れはないんじゃねえか、と」

応えた市蔵が、お仲を横目で見て、

「お父っつぁんのいったとおりだったろう。早川右京亮と名乗られた、あのお武家さんは、北町のお奉行さまに間違いねえ、と。それを、おめえは、約束した刻限に北町奉行所へ出向いて三好さまの顔を見るまで、本物の早川右京亮さまか、わからないじゃないか、岡っ引きの仕事は、何でも疑ることから始まるんだと、教えてくれたのは、どこのどなたさまでしたっけなんて屁理屈こねやがって。昨夜は、調べ上げたことは、ほとんど話さずじまいで、すすむはずの探索が一日遅れたとはおもわねえかい」

ばつが悪そうに右京亮を、ちらり、と見やったお仲が、

「そんなこと、ここでいわなくともいいじゃないか。意地悪が過ぎるってもんだよ。あたしの立つ瀬がないじゃないか」

「何をぐずぐずいってやがるんだ。お奉行さまは、お仲、おまえが探索した中身を、ほとんど話さなかったことは先刻ご承知だ」

決めつけた市蔵のことばを引き継いで、右京亮が口をはさんだ。

「人をみたら、まず疑うのが岡っ引きの心得だということは承知の上だ、気にすることはないぞ。それより、はっきり見極めるまでは相手を信用しないという心がけ、見事なものだと褒めておこう。これからも、その用心深さ、忘れずにな」

「お奉行さま」

「もったいねえおことば、ありがたいかぎりで」

ほとんど同時にお仲と市蔵が声を上げた。

横から三好がことばをかけてきた。

「市蔵、お仲、竹吉、あらかじめいっておくが。おまえたちへの探索の指図はすべて御奉行が為される。おれの役目は、いわば、御奉行とおまえたちのつなぎ役だ。そのつもりでいてくれ。門番たちには、おまえたちがやってきたら、役宅の御奉行用部屋の奥庭に案内するよう申し伝えておく」

「そういうことだ。頼りにしてるぞ」

笑みをたたえて右京亮がいった。

「力の限り、勤めさせていただきやす」

頭を下げた市蔵にお仲たちがならった。

顔を上げたお仲が市蔵に話しかけた。

「お父っつぁん、気になることがあるんだよ」

「気になること、何でえ」

「表門そばの辻番所の前に諸吉が立っていたのさ」

「諸吉、大橋の権造の下っ引きの諸吉か」

「その諸吉だよ。まるで表門を見張っているかのように見えたんだけど」

「大橋の権造は、同心の中島盛助さまの岡っ引き、いったい、何のつもりで」

ふたりの話に耳を傾けていた右京亮が口をはさんだ。

「実は、昨夜、裏門から忍び姿で出かけたとき、裏門近くからつけてくる者がいた。その奴、十手を帯に差しておったが、ひょっとしたら市蔵たちの顔見知りかもしれぬな」

お仲が身を乗り出した。

「裏門を見てきましょう。竹、ついておいで」

腰を浮かしたお仲に市蔵が声をかけた。

「おまえが行くには及ばねえ。竹、見て来い」

「いってきやす」

立ち上がった竹吉が背中を向けた。

歩き去っていく竹吉を見送って右京亮が声をかけた。

「さて、お仲、いままで辻斬りにやられた三人について調べ上げたこと、すべて話してくれぬか」

「殺された元鳥越町の大工、十吉、下谷山伏町の錺職、治作、三間町の担ぎの小間物屋、半助の三人は、ふたりの高利貸しから多額の借金をしていました。取り立てに来ていた、高利貸しに雇われた土地のやくざたちのがなりたてる声を聞いていた長屋の住人たちから聞き込んでおります」

話しつづけるお仲に、右京亮が口をはさむことはなかった。ただ黙然と聞き入っている。

三人が浅草田町《たまち》の高利貸し常造《つねぞう》と、福井町《ふくいちょう》の高利貸し嘉兵衛《かへえ》から借金していること、常造が今戸の甚助一家を、嘉兵衛が聖天の貞六一家を、それぞれ取り立てに使っており、その取り立てが苛烈を極めていることなどを、お仲は話して聞かせた。

話し終わったお仲に、右京亮は何ひとつ問いかけようとはしなかった。ただ一言、

「事情はよくわかった。向後《こうご》は、植村潤之助が殺されたあたりを中心に聞き込んでくれ。植村潤之助が岡っ引きのひとりもつれずに夜廻りしていたには、それなりのわけがあるはず。ひとりで見廻っているところを見かけた者、顔見知りでことばを交わした者がいるかもしれぬ。そこらへんを調べ上げてくれ」

「わかりやした」

応じた市蔵に合《がっ》して、お仲が無言でうなずいた。

少し前にもどってきた竹吉が、話の邪魔にならぬよう気配りをしたのか、奥庭の入り口で控えている。眼を向けて、右京亮が声をかけた。

「竹吉、こっちへ来い。そこでは遠すぎて話もできぬ」

「もったいねえおことば、すぐ参りますでございます」

膝を折ったまま、竹吉がにじり寄るようにしてお仲のそばに寄った。

顔を寄せ、お仲に耳打ちする。

聞き終わり、お仲が右京亮に顔を向けた。

「竹が見届けてきました。裏門近くに大橋の権造の下っ引き、仙太が張り込んでいたそうです。竹は、わざと表門から出て、奉行所を一回りして、たまたま出会った風を装ったそうですか、仙太がどうおもったか、わかりません」

「金輪際、仙太には気づかれてませんよ。あっしが顔あらために来たなんて、気づく玉じゃありやせんよ、仙太は」

不満げに竹吉が口を尖らせた。

「何いってんだい。言い訳に聞こえるから余計なことをいうのは、お止《よ》しよ」

あくまでも邪険なお仲のいい方に、竹吉が恨みがましい目つきで睨《ね》めつけた。

ふたりのやりとりを笑みをたたえて見やっていた右京亮が声を上げた。

「竹吉、仙太とやらに気づかれようが気づかれまいが、どちらでもいいのだ。ようは裏門に張り込んでいるのが大橋の権造の下っ引き、仙太だとわかっただけで十分なのだ。上出来上出来、上々の出来だ」

呵々と右京亮が笑った。


半刻（一時間）ほど後、市蔵とお仲、竹吉の三人は駒形へ向かって歩いていた。その後を作次郎と伝吉が、さほどの間もおかず浪人三人がつけていく。さらに、その後から、後詰めの浪人たちもつけてきているはずだった。竹吉が、時折り後ろを振り返っているところをみると、市蔵とお仲は作次郎と伝吉の尾行に気づいているのだろう。奇妙な道行きといえた。

四組のうちの三組は、姿を隠すことなく、半町足らずの間を置いて歩いて行く。

暮六つ（午後六時）を告げる金龍山浅草寺《せんそうじ》の鐘が風に乗って響いてくる。

そろそろ夜の帳《とばり》が降りてくる頃合いであった。

北町奉行所内の役宅で夕餉をすませた右京亮は、編笠をかぶり、小袖を着流した忍び姿で裏門から通りへ出た。

歩きだす。

つけてくる者の気配がある。

おそらく仙太だろう。いや、仙太だろうが誰であろうが十手持ちであればかまわぬ。今夜はそれなりの決着をつけてやろう。このまま付きまとわれては、何かと面倒。右京亮はそう腹を決めていた。

柳橋を渡り終えた右京亮は、橋のたもとに立つ柳の木の陰に身を隠した。

見失ったとおもったか、あわてた素振りで男が柳橋を渡りかけ、なかほどで足を止めた。まわりを見渡す。

帯に差してある十手が鈍色《にびいろ》の光を発していた。昨夜、つけてきた男、仙太という下っ引きに違いなかった。

柳の陰から右京亮が躍り出る。

素早い動きだった。

迫る気配に仙太が振り向いたときには、右京亮は、すでに間近にいた。仙太の襟首をとった右京亮は、一方の手で腰の十手を引き抜いていた。

次の瞬間、仙太は宙に舞っていた。右京亮の手練の投げ技に為す術《すべ》もなく、放り投げられたのだった。

真っ逆さまに神田川に落ちていった仙太が、もがいて、川面に顔を上げた。

そんな仙太を、柳橋のなかほどに立った右京亮が見下ろしている。

「助けてくれ。おれは泳ぎが、苦手」

叫んだ仙太が水を飲んだか、吐き出しながら水中に没した。

再び仙太が水面から顔を出した。懸命に手足を動かし、もがいている。

右京亮が声高に告げた。

「その調子だ。下手な犬掻《いぬか》きでも十分、岸に泳ぎ着けるぞ」

十手をかざして、ことばを重ねた。

「この十手、返して欲しくば、おれのところに取りに来い。おれが誰かはわかっているはず。受け取りに来なければ、そのうち十手は処分する。よいな」

高らかに笑った右京亮が十手を懐にしまい込み、背中を向けた。

五つ（午後八時）過ぎの両国広小路には、まだ遊び足りぬ町人たちがそぞろ歩いていた。

そんな遊客たちが、

「喧嘩だ」

「十手持ちが川に投げ込まれたぞ」

相次いで上がった声に、柳橋に向かって駆け寄っていく。

浮き沈みしながら、呑み込んだ水を吹き上げては死に物狂いで犬掻きしている仙太の無《ぶ》様《ざま》な格好に、

「十手持ち、それじゃ、なかなか岸にたどりつけねえぜ」

「助けてやりてえが、おれは十手持ちを見ると虫唾《むしず》が走って躰が動かなくなるんだ」

「役人を呼んでやろうか。お役人さまぁ、大変だぁ」

野次をとばして遊客たちが大笑いしている。

騒ぎたてる町人たちを見返ることなく悠然と歩き去る右京亮の姿は、次第に闇に吸い込まれ、いつしか消え失せていた。

絡《から》繰《くり》之《の》四《し》

一

神田川に投げ落とされた仙太が死に物狂いで岸に泳ぎ着こうとしていた頃……。

北町奉行所の廊下を、中島盛助が与力会所へ向かって歩いていた。

与力会所の前で足を止めた中島が戸襖越しに呼びかけた。

「定町廻り同心、中島盛助です。門番から、見廻りより戻り次第、顔を出すようにと松崎様から伝言があったと聞きましたので参りました」

戸襖に近づく足音が聞こえた。

なかから戸襖が開けられる。

顔を出した松崎が小声でいった。

「ふたりで調べたいことがあるのだ。出かけよう」

手にした大刀を腰に差しながら、松崎が足を止めることなく歩いていく。

戸襖を閉めて、中島が後を追った。

外へ出て、表門へ向かってすすみながら、松崎が中島に話しかけた。

「小半刻ほど前に、内与力の三好殿が与力会所にやってきて、本日より岡っ引きの駒形の市蔵と下っ引きのお仲、竹吉の三人を、配下の小者として使うことにした、ご承知おきくだされ、と紋切り型の口上であった」

肩をならべるようにして中島が応じた。

「駒形の市蔵は、死んだ植村潤之助が使っていた岡っ引き。植村の嫡男、大介が見習い同心として出仕することが内定した、と聞いております。駒形の市蔵は、本来なら植村大介が使うべき筋の者、おかしな話ではございませぬか」

「おれも、そうおもう。が、植村大介は見習い同心の身、外役につくか、内役として務めるかは、これからの働きぶりで決められることだ。万が一にも内役ということになれば、配下として使う同心のいない駒形の市蔵は、十手を返上せねばならぬかもしれぬ。捕物上手と評判の、駒形の市蔵の噂を聞き込んだ三好殿が、先手を打つ形で、配下の小者として使うことにしたのだろう」

「駒形の市蔵を、三好様が配下として使うことを、植村大介は承知したのでございましょうか」

「三好殿は内与力。見習い同心の植村大介に、駒形の市蔵たちを配下の小者として使うことにした、と告げればいいだけのことだ。承知するもしないもない。上役のことばには見習い同心は逆らえぬ」

「たしかに」

「三好殿が駒形の市蔵を配下として使う以上、浪人たちにお仲を見張らせるわけにはいかぬな。張り付いている浪人たちのこと、いずれ、お仲の口から三好殿の耳に入るであろう」

「そのこと、松崎様のご推察どおりかと」

「例のふたりに指図して、明日から浪人たちにお仲を見張ることを止めさせるよう、手配《てくば》りさせるのだ」

「承知しました」

「それと」

「それと」

鸚鵡返しした中島に松崎が告げた。

「権造の下っ引きたちにも、御奉行の尾行を止めさせるべきだろうな。このこと、おれが権造につたえに行く。例のふたりのところへ出向いた後、権造の住まいへまわれ。おれは、そこで待っている。どういう段取りになったか、知りたいのだ」

「わかりました」

「事態は寸刻を争う。山師旗本、何事も算盤《そろばん》ずく、銭相場で儲けた金を幕閣の重臣たちにばらまいて、北町奉行の座を買った、武士とはいえぬ呆れ果てた奴などと、悪評紛々の御奉行の実体を読み違えていたような気がする。いまの動きからみて、御奉行はなかなかの切れ者、甘くみてかかった分、おれは、すでに後手に回っているかもしれぬ」

「まさか、そんなことは」

「もうすぐ表門だ。表門近くには、諸吉が張り込んでいる。諸吉は、おまえの使っている権造の下っ引きだ。声をかけても誰も疑るまい。御奉行の見張りを止めて、引き上げるよう命じるのだ」

「お指図どおりに」

顎を引いて中島が一歩、後ろへ下がった。上役である松崎に、従っているかのように見せるための動きであった。

ふたりは、表門へ向かって悠然と歩みをすすめた。

市蔵とお仲、竹吉の三人が北町奉行所を後にしてから、すでに一刻（二時間）ほど過ぎさっていた。

三人の後を作次郎と伝吉が、その後を浪人たちがつけていく。市蔵たちは作次郎と伝吉が、作次郎たちは浪人たちが尾行してくることを承知の上での、動きであった。

住まいにまっすぐもどる、と推察していた市蔵たちが、住まいのある駒形町を通り過ぎ、下谷へ足を向けているとわかったとき、作次郎と伝吉は、おもわず顔を見合わせていた。

下谷へ着いてからの市蔵たちの動きは、さらに作次郎と伝吉を驚かせた。

すすむ道筋に点在する自身番に、市蔵たちは片っ端から足を踏み入れた。

小半刻（三十分）もしないうちに自身番から出てきた市蔵たちは、さらに歩きつづけ、新たに自身番を見つけると、躊躇《ちゆうちよ》することなく入っていく。

四軒目の自身番に入っていった市蔵たちを見やって、伝吉が作次郎に話しかけた。ふたりは、自身番の表を見張ることのできる町家の外壁に、身を寄せて立っている。

「聞き込みでもやっているんですかね。どうも辻斬りの探索ではないような気がしやす。樋口さんは、どうおもいやす」

「おれも、そんな気がする。何を調べているのか」

「自身番に入ってから出てくるまでの間が、ほとんど同じだ。どうやら手がかりは、まだつかめていないようですね」

「そうだな。浪人たちも、同じようなことを考えているのかもしれない」

顔を向けて、作次郎がじっと見据えた。

数軒後《うし》ろの町家の軒下に、浪人たちが立っている。

「出てきやした」

伝吉の声に、作次郎が自身番に目線を走らせた。

自身番から出てきた市蔵たちが、再び歩き出した。

作次郎と伝吉がつけていく。

その後ろから、浪人たちがつづいた。

二

平右衛門町の伊三郎の住まいに、右京亮はいる。上座にある右京亮と向かい合って伊三郎が、斜め後ろの左右に亀吉と金平が控えている。

右京亮の顔を見るなり、伊三郎が、

「昨夜、お仲から十手で腹を突かれて、まだ痛みがとれねえ。その上、縛られたままで一晩すごしたんで、躰のあちこちが凝《こ》っている。朝方にうとうとしただけで、ほとんど寝ていません。そんな有様で、今日は、休んでしまいました。根性なしで、申し訳ありやせん」

頭をかきながら、申し訳なさそうにいったものだった。

「ことの経緯《ゆくたて》は、お仲から聞いた」

応じた右京亮に、

「お仲に？」

怪訝《けげん》な面持《おもも》ちで、伊三郎が問いかけた。

「実は、内与力の三好の小者として、駒形の市蔵、お仲、竹吉の三人を使うことにしたのだ」

驚いたのか、伊三郎が問いを重ねた。

「それじゃ駒形の市蔵親分、お仲、竹吉も仲間になったんで」

「お助け組に加わったわけではない。あくまでも奉行所の手の者、三好の配下として働くということだ」

「それじゃ、いままでと変わらないというわけで」

「伊三郎が、おれから頼まれて、いろいろなことで動いていると、お仲たちにはつたえてある。これからは、少なくとも敵ではない」

「心を許せる味方、とおもってもいいんですかい」

「いや、味方ともいえぬ。探索の成り行き次第では、証拠の品を盗み出すこともある。人の持物を盗む。明らかに悪いことだ」

「悪事に手を染めても、退治しなきゃならねえ悪がいる。証拠を手に入れる手立てが罪咎《つみとが》に問われるときは、町奉行所の手先には知らせるわけにはいかない。そういうことですかい」

「お助け組は、あくまでも裏の組織、お助け組の仲間は、おれと伊三郎、樋口作次郎に伝吉、亀吉と金平だけだ」

「心得ておきやす」

「いままで調べ上げたことを話してくれ」

「辻斬りにやられた三人は、福井町に住む嘉兵衛、浅草田町に住まう常造という、ふたりの高利貸しから、多額の金を借りておりやす。厳しい取り立てをされ、いつも逃げ回っていた。それが不思議なことに」

「不思議なこと、とは」

「殺される数日前から、取り立てが前よりゆるくなった、と同じ長屋に住む嬶《かかあ》たちが、口々にいってておりやした」

「三人とも、そうなのか」

「三人とも同じような有り様で。それぞれの長屋に住んでいる嬶たちが、よく似た中身の話をしておりやした」

「そうか。辻斬りにあう数日前から、取り立てがゆるくなったというのか」

そのことに、何か意味があるのかもしれない。右京亮のなかに、どこか釈然としないおもいが生じていた。

一方で、考えすぎではないのか、このままでは埒《らち》があかない、取り立てる手だてを考え直すときではないのか、と判断した高利貸したちが、たまたま取り立てをゆるめただけではないか、との思案も芽生えてくる。

が、湧いて出た疑念を、右京亮は毛ほども見せなかった。口をはさむことなく、伊三郎の話に聞き入っている。

伊三郎が話し終えた調べの中身は、お仲から聞いた話とほとんど同じだった。

そのことに、右京亮は、大きな手応えを感じていた。

捕物小町と評判をとるお仲の探索と、伊三郎の調べとは、さほどの差がなかった。

いままで伊三郎は、事件の探索をしたことがなかった。その伊三郎が、これほど手際よく調べをすすめることができるとは、予想だにしていなかった右京亮だった。

「よく調べ上げた。これからも、この調子で励んでくれ」

「銭相場の動きを探るために、銭会所の奉公人や銭会所に集まってくる銭相場をやっている連中と世間話をして、相場の変わり目になりそうな話を探し出す。その手立てと探索の聞き込みのやり口が似ているんで、あまり苦労はありませんでした」

笑みをたたえて伊三郎が応えた。

横から金平が口をはさんだ。

「銭相場に動きがありやした。津田さまが、五百両ほど動かす。一割近く儲かりそうだとお殿さまにつたえてくれ、と仰有ってました」

旗本四千石、早川家の用人を、代々務める津田家の当主、津田左衛門は銭相場の達人であった。

左衛門の父も、祖父も、銭相場に精通し、早川家の隆盛に寄与してきた。内情は一万石の大名以上、と評される早川家の基盤を支えているのは、津田左衛門といってもよかった。

その津田左衛門の薫陶《くんとう》を受けた右京亮も、類《たぐ》い希《まれ》なる相場勘の持主だった。師匠である津田左衛門をして、殿の銭相場の読みには天賦の才がある、といわしめるほどのものであった。

右京亮もまた、津田左衛門の銭相場の勝負勘を高く評価し、全幅《ぜんぷく》の信頼を置いていた。

「津田が仕掛けるのだ。おれに一々断らなくとも、自由に手持ちの金を動かしてくれ、とつたえてくれ。損が出てもかまわぬ、ともな」

「おつたえしやす」

応えて金平が頭を下げた。

顔を向けて、右京亮が告げた。

「伊三郎、明日から常造か嘉兵衛のどちらでもいい、高利貸しのひとりを張り込んでくれ。出入りを見張るだけでいい。高利貸しが出かけるときは後をつけろ。どこへ行き、どんな連中と会ったか調べるのだ」

「わかりやした。高利貸しと会った相手はつけなくともいいんですかい」

「その判断は伊三郎にまかせる。どんな場合でも高利貸しからは眼を離すな。出かけたら住まいに帰り着くまで見届ける。そのこと、徹底してくれ」

「そうしやす」

応えた伊三郎とともに、亀吉が無言で顎を引いた。

大きく舌を鳴らした音が、座敷のなかに響き渡った。苛立《いらだ》ちが、その舌打ちに籠《こ》もっている。

三

躰を縮められるだけ縮めて、仙太が俯いている。その左前に坐る大橋の権造と、仙太と横並びに坐った諸吉が、渋い顔で向かい合う松崎勇三郎を上目使いに見やっている。松崎の斜め脇には、中島盛助が控えていた。

「とんでもない大しくじりだ。尾行に気づかれ、十手を奪われた上、御奉行に神田川に投げ込まれるとは、仙太には、端から無理だったのかもしれぬな」

横から中島が声を上げた。

「昨夜、御奉行が舟に乗り込まれたのも、仙太の尾行をまくためではなかったかと」

「今日、三好殿のところに、駒形の市蔵がお仲、竹吉とともに顔を出した。その場に、御奉行も同席されたに違いない。表門近くで張り込んでいた諸吉に、市蔵かお仲が気づいて、そのことを御奉行に話したのだろう」

不機嫌さを剝き出しにして、松崎がいった。

大橋の権造の住まいの奥の間は、重苦しい気配に包まれている。

権造から、仙太が濡れ鼠になって帰ってきたことと、その経緯を聞かされ、松崎は大きく舌を鳴らした。

おずおずと権造が問いかけた。

「あの、仙太の十手はどうしやしょう。お奉行さまは、返してほしくば取りに来い、と仰有ったそうですが」

「くだらぬことをいうな。どの面下げて、御奉行のところへ行くのだ。尾行してきたのは誰の指図だ、ありていに白状せい、と責め立てられるのがおちだ」

「十手はあきらめろ、と仰有るんで」

「そうだ」

「それは酷《こく》だ。十手がなきゃ仙太はいままでのようには動けねえ。そうなりゃ、あっしも困る。松崎さま、そこんとこを、よく汲《く》んでおくんなせえ」

声を荒らげて中島が口をはさんだ。

「権造、言葉が過ぎるぞ」

「中島の旦那、仙太はあっしのかわいい下っ引きですぜ。何とかなりませんか」

「十手のことは、おれが松崎さまに頼んで何とかする。手続きを踏まねばならぬ。数日待て」

「そうしていただければ、何の文句もありやせん。よろしくお願いしやす」

小さく頭を下げた権造に、中島が訊いた。

「当分の間、辻斬りを止めるようにと、例のふたりにはつたえたか」

「つたえておきやした。すぐ手配りするとふたりともいっておりやした」

「それなら、まずは一安心といったところだな」

顔を松崎に向けて、中島がことばを重ねた。

「お聞きのとおりです。私のほうは、それぞれの一家に足をのばし、今戸の甚助、聖天の貞六と顔を突き合わせ、直に、お仲の見張りは今日限り、明日からは見張らなくともよい、と話してきました」

「ふたりとも、承知したのだな」

「厄介なことになったら困るとおもい、浪人同士の喧嘩ということで一件を揉み消しましたが、何しろ用心棒が四人、死んでいます。むしろ、見張らずともよい、といわれたことで、ふたりとも安堵したようにみえましたが」

「そういうことなら、浪人たちが動くことはあるまい。今後の段取りを話し合おう」

一同に松崎が目線を流した。

無言で、中島と権造が身を乗り出した。

自身番から出てきた市蔵たちは、表戸の前で足を止め、ことばを交わしていたが、ゆったりとした足取りで歩き出した。

いままでの、きびきびした歩き方と違っている。

つけながら伝吉が作次郎に話しかけた。

「どうやら、お仲たちは住まいへ引き上げるようですね。歩き方でわかる」

「そういわれれば、のんびりしているようにもみえる。歩き方で気持ちがわかるとはな」

半ば感心したような作次郎の物言いだった。

「盗人は、いつ捕まるかと、びくびくしている。人の動きが気になって仕方がない。無意識のうちに、人に眼がいく。そんなことを何年も繰り返しているうちに、少しずつ人の動きと気持ちのかかわりがわかるようになりやした」

「そういうものかな」

「そういうもので」

振り向いて、伝吉がことばを重ねた。

「浪人たち、まだつけてきますぜ。ご苦労なこった」

顔をもどした伝吉に作次郎がいった。

「今日は、とうとう書状を早川さんに届けそこなった。明日には、何としても届けたいが登城前だと忙しいだろうし、どうしたものか」

口調から、作次郎が困り果てているのが、よくわかった。

「お奉行さまは遅くとも八つには下城されます。八つ過ぎに届けられるように、ふたりで考えやしょう」

「それしか手立てはなさそうだな」

沈みきった作次郎の物言いだった。

それ以後、ふたりがことばを交わすことはなかった。市蔵たちの後ろ姿に眼を据えて、黙々と歩いていく。

浪人たちは、まだ引き上げていなかった。伝吉と作次郎は、お仲の住まいを見張ることのできる町家の陰に身を置いている。お仲たちが住まいへ入っていって、すでに小半刻ほど過ぎ去っていた。

まだ住まいからは明かりが漏れている。お仲たちは、起きているのだろう。

明かりが消えたのは、さらに小半刻ほど経ってからだった。

さらに小半刻ほどしてから、浪人たちが動いた。引き上げるつもりか、肩をならべて歩いていく。

見送って伝吉がいった。

「もう少し、小半刻ほど張り込みやしょう。引き上げると見せかけて、近くのどこかに身を隠し、斬り込むつもりかもしれねえ」

「念には念を入れる。そういうことだな」

「修羅場を重ねてきたあっしみてえな者には、当然のことでさ」

「そうか。当然のことというか」

うむ、と作次郎がうなずいた。真一文字に唇を結ぶ。おのれの甘さを戒《いまし》めているような所作であった。

さらに小半刻ほど過ぎた頃、伝吉が作次郎に声をかけた。

「住まいのぐるりを一回りして、何事もなかったら引き上げやしょう」

「承知」

緊張した面持ちで作次郎が応じた。

周囲に警戒の眼を注ぎながら、伝吉と作次郎はゆっくりと歩みをすすめた。

人の気配はなかった。

「どうやら浪人たちは引き上げたようですね」

「おれも、そうおもう。まず見落としはあるまい」

「あっしらも引き上げやしょう」

無言で作次郎が顎を引いた。

肩をならべて、伝吉と作次郎が歩き出した。

雲間から顔を出した月影が、ふたりを淡い光で照らし出している。

やがて、伝吉と作次郎の姿は闇にまぎれ、次第に溶け込んでいった。

四

翌朝五つ（午前八時）前には、樋口作次郎と伝吉は、お仲の住まいを見張ることのできる町家の陰に身を置いていた。

どういうわけか、いつも同じ頃合いに現れる浪人たちの姿は見えなかった。

小半刻が過ぎ、半刻（一時間）経過しても、浪人たちは現れなかった。

「浪人たちが来ない。お仲を見張るのをやめたのかもしれぬな」

首を傾げた作次郎に伝吉が応えた。

「姿を見せないのは、お仲たちも同じですぜ。昨夜、あっしたちが気づかない何かが起こっていたのかもしれねえ。もう少し様子をみましょう」

無言で作次郎がうなずいた。

東から西の空へ移ろう日輪が、天空のなかほどで眩《まぶ》しさを増して、燦《きら》めいている。

首をひねって、伝吉が作次郎に話しかけた。

「まもなく昼飯どきだ。わけはわからねえが、今日は浪人たち、来ないんじゃねえかな」

「おれも、そんな気がする」

「張り込んでいない浪人たちが、お仲たちを襲う気遣いはねえ。樋口さんの懐におさまったままのお奉行さま宛ての書付、届けたらどうです。浪人たちがいなきゃ、刃物三昧の沙汰になる恐れはねえ。お仲の見張りなら、あっしひとりで十分でさ」

「それはそうだが」

迷った様子の作次郎に、伝吉が告げた。

「そうしなせえ。書付の中身を読んだら、お奉行さまの探索のやり方が変わってくるかもしれねえ。届けるのが遅くなったために、役に立つはずだった書付が役に立たなくなっていた、なんてことになりかねませんぜ」

顔を向けて作次郎が応じた。

「伝吉のいうとおりだ。ことばに甘えさせてもらおう。これから北町奉行所へ行く」

「あっしは、このまま張り込みをつづけます。落ち合う先は、伊三郎の住まいということにしやしょう」

「承知した。待っても早川さんがもどらぬときは、内与力の三好さんに書付を手渡すようにする。成り行き次第で、伊三郎のところに顔を出すのは、夜になるかもしれぬ」

「お仲の動きようで、あっしが行くのは、深更になるかもしれやせん。必ず顔を出すんで、待っていておくんなさい」

「わかった」

踵を返して、作次郎が足を踏み出した。

それから小半刻もしないうちに、お仲が竹吉と一緒に出てきた。

町家の陰から通りへ出た伝吉は、ほどよい間を置いてつけはじめた。

歩き出す。

北町奉行所に着いた作次郎は、門番に歩み寄った。

声をかける。

「樋口作次郎と申す。御奉行様とは一刀流の同門の者、御奉行様か、御奉行様ご不在であれば、内与力の三好小六様にお取り次ぎ願いたい」

「お待ちください」

門番がなかに入っていった。

待つことしばし……。

足早にもどってきた門番が、作次郎に告げた。

「三好様が御奉行様の役宅にて、お会いになるそうです。ご案内いたします」

先に立って歩き出した門番に、作次郎がつづいた。

役宅の玄関へ向かって歩いていくと、三好小六が式台に立って出迎えていた。

姿を見るなり、三好が呼びかけてきた。

「久しぶりですな。ちょうどよいところへ来てくれた」

「ちょうどよいところ？」

鸚鵡返しした作次郎に、

「わけは、すぐにわかります」

顔を向け、ことばを重ねた。

「門番、樋口殿を役宅の庭へ案内してくれ」

「わかりました」

再び、眼をもどし、告げた。

「樋口殿、私は廊下づたいに庭へ出ます。細かいことは後ほど」

笑みをたたえた三好が背中を向けた。奥へと入っていく。

「こちらへ」

浅く腰をかがめて門番がいった。

門番に案内されて、作次郎が庭に入っていくと、すでに三好は縁側に腰掛けていた。三好の前の庭に、木刀を手にした若侍が立っている。年の頃は二十歳そこそこといったところか。

「手間をかけたな」

門番に三好が声をかけた。

「それでは、これにて」

頭を下げて門番が去っていった。

縁側に歩み寄った作次郎に笑いかけ、立ち上がった三好が、若侍に顔を向けた。

「植村大介、こちらは樋口作次郎殿だ。回向院裏で一刀流の道場を開いておられる剣客だ。お主の剣の腕前のほどを、あらためていただく。この立ち合いは、見習い同心として務める役向きを決める判断のひとつになる」

必死さをみなぎらせて、植村大介が声を上げた。

「わが父、植村潤之助は定町廻りの同心でした。私も定町廻りの見習い同心として務めたいと何度も申し上げております。定町廻りの見習い同心になるのが、私の望みでございます」

「そのこと、何度も聞いた。だがな、おのれの望みがすべて叶えられるとは限らないのだ。それほど、世の中は甘くないのだぞ」

「しかし」

「はっきりいうが、捕物は遊びではない。咎人のなかには剣の上手もいる。剣の腕前がさほどでもない者が定町廻りの任につくと、腕の立つ咎人から斬り殺されることになる。弱いとわかっている者を、外役に任ずるわけにはいかぬ。死地に追いやることになる」

「私は無外流の道場で修行し、目録の印可《いんか》を受けております。剣には自信があります」

「町の道場のなかには、通ってくる弟子を長続きさせるために、力以上の印可を授けるところもあるようだ。とにかく腕を試させてもらう」

縁側においてあった木刀を手に取り、作次郎に手渡した。

受け取った作次郎が木刀を一振りし、植村大介と向き合って立った。

「樋口作次郎と申す。三好さんは、私が道場を開いているとおっしゃったが、それは違う。

道場ではなく剣の修行場だ」

「道場であろうが修行場であろうが、私にとってはたいしたことではない。勝負」

青眼に木刀を構えた大介をみた瞬間、作次郎が告げた。

「未熟」

「おのれ、若年とみて愚弄するか」

吠えるなり、植村大介が突きかかった。

右手にぶら下げたままに見えた作次郎の木刀が振り上げられた。

次の瞬間……。

右手一本の作次郎の一撃が、大介の木刀を高々と撥《は》ね上げていた。

痺《しび》れたのか、両手を、力なく垂らして植村大介がへたり込んだ。

その頭上に、両手で握りなおした木刀を、上段から作次郎が振り下ろした。

すさまじい風切り音に、眼を上げた大介が恐怖に顔をひきつらせ、大仰な悲鳴を上げた。

まさに紙一重、頭蓋すれすれで木刀が止まった。

木刀を引いて作次郎が告げた。

「修行をやりなおされるがよい。その腕前では、命が幾つあっても足りぬ」

が、大介の耳には、作次郎の声は届いていなかった。口を半開きにし、焦点の定まらぬ眼を細めた大介は、そのまま横倒しに倒れ込んだ。

呆れ返って、三好が声を上げた。

「気を失ったか。外役を望みまする、内役として務めるは不本意でござる、是非とも腕試しをお願いしたい、と言い立てた割りには他愛のない。内役で、その辛さに耐えられるよう鍛え直すしかなさそうだな」

顔を向けて、ことばを重ねた。

「樋口殿、世話をかけました。まずは座敷へあがってくだされ。帰りは庭から、ということになるが、それも一興。遅くとも八つには殿も、いや御奉行も下城して来られる。それまで、四方山《よもやま》話でもいたそう」

「植村とやら、このままほうっておいてもよろしいのか」

「かまいませぬよ。明日から出仕してくる。自分の剣術の業前《わざまえ》もわからぬような有様では、上役になる者も何かと難儀でござろうよ。少しは痛い目にあったほうがよい。正気づいたら勝手に引き上げるでしょう」

「風邪をひかねばよいが」

「馬鹿は風邪をひきませぬ。甘やかされて育ったのか、人の話が耳に入らぬどころか、自分の言い分だけを通そうと粘りつづける者、少し頭を冷やしてやったほうが、親切というものです」

「そんなものですか」

「そんなものです」

さっさと三好が座敷へ入っていった。

沓脱ぎ石で草履を脱いだ作次郎が、縁側に足をかけた。

庭には気を失ったまま、植村大介が横たわっている。

五

下城してきた右京亮と、役宅の座敷で作次郎は向かい合っている。

書付を開いた途端、右京亮が訝しげな表情を浮かべた。

「作次郎の手ではないな。この書面を書いたのは誰だ」

「伝吉です。盗人とはおもえぬ達者な筆使いで、正直、驚きました。盗人も親分といわれる者は、人並み以上に読み書きもできるのですね」

「おれも驚いた。武士のなかにも、これだけの上手は、そうはおるまい」

「私は、もう少し書の修行を積まねばなりませぬ。しみじみ、そうおもいました」

「そのほうがよい。師直筆の印可状が金釘流《かなくぎ》では、もらう弟子としては、ありがたみも薄れる。少なくとも、おれは、そうおもう」

「明日から、できうる限り、書の修行をするようにします」

「そうしろ。何事も、下手より上手のほうがいい」

「肝に銘じておきます」

「どれ、話を聞いても同じことだが、わざわざ届けに来たのだ、書付を読ませてもらうか」

　手にした書付に右京亮が眼を落とした。

　読みすすむにつれ、右京亮の顔に厳しさが増していった。

　書付から眼を上げて、作次郎を見つめた。

「浪人たちに襲われたのは一昨夜か」

「そうです」

「お仲を見張っている連中は、何を恐れているのだ。当時、お仲は、辻斬りにやられた三人の身辺を調べていた。作次郎を襲った浪人たちは、おそらく、高利貸しどもが取り立てなどで使っているやくざ一家の用心棒だろう」

　苦笑いを浮かべて、右京亮がことばを重ねた。

「いままで、のんびりしすぎたかもしれぬ。お仲を見張っていた浪人たちが、今日は姿を現さなかったと、さっき作次郎から聞いたが、何やら新たな手立てを考えついた結果のことかもしれぬ。このまま手をこまねいていると、後手にまわることになりそうだ」

「後手にまわるとは」

問いかけた作次郎に、

「此度の辻斬りには、何やら裏がありそうだ。作次郎を襲った連中は、作次郎の始末をつけたら、お仲を斬る気でいたに違いない。辻斬りに、金を貸した三人を殺された高利貸しは、返してもらうはずの金の取り立てができなくなり、大損したはずだ」

「私も、そうおもいます」

「損した高利貸しに雇われているやくざの用心棒が、三人を調べているお仲を狙う。狙う理由が、よくわからぬ。ただわかっていることは、連中が殺しもいとわぬ、何をやらかすかわからぬ輩ということだ」

「早川さんにいわれて、私が張りついていなければ、お仲は、殺されていたかもしれませんね」

「まず間違いあるまい。ところで、これから、どうするつもりだ」

「伊三郎の住まいで、伝吉と落ち合うことになっています。伝吉は、いま、お仲をつけています」

「そうか。おれも伊三郎のところ顔を出す。暮六つになったら出られる。これから町役などが届け出た書付に、眼を通さねばならぬ。それまで、昼寝でもして待っていてくれ」

「昨夜もあまり寝ていません。昼寝をして待っています」

「それでは、後でな」

書付を懐に押し込み、右京亮が立ち上がった。


北町奉行所の与力会所へつづく廊下を、急ぎ足でいく同心がいた。

この刻限には見かけることのない顔であった。

日頃は、町を見廻っているはずの定町廻り同心、中島盛助が、口を真一文字に結んですすんでいく。

与力会所の前で足を止めた中島が、なかへ向かって声をかけた。

「中島です。松崎様はいらっしゃいますか」

「そこで待て」

声と同時に立ち上がる気配がした。近づく足音が聞こえたかとおもうと、戸襖が開いて、大刀を腰に差しながら松崎が出てきた。

戸襖を閉めて、小声で訊いた。

「何が起きた。定町廻り同心が、見廻りを打ち切って、もどってきたのだ。何かが起きた、それだけはわかる」

「昨夜、辻斬りが出ました」

「辻斬りが。例のふたりと、話はついていなかったのか」

「話はしてあります」

「新たな辻斬りが出たこと、まだ誰にも知られてはおらぬな」

「骸は、下谷の自身番に置いてあります。店番《たなばん》が、斬られた左官職人と幼なじみだそうで、身寄りのない知り合いの通夜を、ひとりでやってやろうとおもって、まだ町奉行所への届け出はしていなかったそうです。店番は、勝手に届け出を遅らせたことを、しきりに詫びておりました」

「よかったではないか。届け出が出る前なら、どうとでもなる」

「たしかに。いまなら、行き倒れという扱いにもできますな」

「権造のところへ向かう。例のふたりを、いつもの茶屋に呼びつける段取りをつけるためにな。集まって今後のことを話し合う。自身番へは、権造に指図した後まわる」

歩き出した松崎に中島がつづいた。

「伊三郎、いやに帰りが遅いな。五つは、とっくに過ぎたのではないか」

訊いた右京亮に樋口作次郎が応じた。

「五つを、半ばほど過ぎた頃ではないかと」

「このまま待つべきか、それとも」

うむ、と首を傾げて右京亮が黙り込んだ。

次のことばを待って作次郎が、右京亮を見つめている。

ふたりは伊三郎の住まいにいた。

座敷の一隅には、所在なげに金平が坐っている。右京亮は、北町奉行を拝命して以来、奉行所内の役宅に詰めていた。金平は、留守にしている右京亮に代わって屋敷を仕切る用人、津田左衛門の指図を受けながら、日々、銭会所を走り回り、銭相場の移り変わりを逐一つたえる役目を担っていた。

顔を向けて右京亮が呼びかけた。

「金平、ふたりの高利貸しの取り立てを請け負っている今戸の甚助と聖天の貞六の賭場が、どこにあるか知っているか」

「博奕《ばくち》は伊三郎兄貴から止められてますんで、遊びには行きませんが、場所はわかりやす」

「人の往来が少ないのは、どっちだ」

「どちらも似たようなものですが、刻限からみて、今戸の甚助の賭場のほうが人通りが少ないとおもいやす。何せ浅茅ヶ原《あさじがはら》のそば、寺町の外れにある、死んだ大店の隠居が住んでいた、庵《いおり》みてえな建家を賭場にしてますんで」

「なら、そこにしよう。案内してくれ」

「何をなさるんで」

「一暴《ひとあば》れするのさ」

「一暴れですって、まさか殿さま、賭場荒らしをなさる気じゃねえでしょうね」

「樋口作次郎という剣の使い手と一緒に乗り込もうというのだ。賭場荒らしのひとつやふたつ、やらかすかもしれぬぞ」

「殿さま、そりゃ無茶だ。今戸の甚助のところには、腕の立つ用心棒が十人以上いるという噂ですぜ。やめたほうが」

心配顔の金平に、

「心配するな。金平、こう見えても、おれは喧嘩が大好きなのだ。久しぶりの一暴れ、血肉が躍るおもい。なあ、作次郎」

「情け容赦なく打ち倒してもよろしいのですな」

「かまわぬ。どうせ世の中に害毒をまき散らすしか能のない奴らだ。手に余れば斬れ」

大刀を手に右京亮が立ち上がった。

「お陰様で、めったにない実戦での修行を積めます」

笑みをたたえた作次郎が右京亮にならった。


それまで朧《おぼろ》な光を発していた月輪《げつりん》が、漂う雲に隠れて、薄明かりがさしていたあたりは、一気に暗闇に覆われていった。

「あそこが今戸の甚助の賭場で」

指差した金平の手がかすかに震えている。

「おれたちは乗り込む。金平は、ここから引き上げろ」

声をかけた右京亮に金平が応えた。

「それはねえでしょう。あっしだって、お助け組の仲間の端くれだ。殿さまたちが賭場荒らしをして奪ってきた銭箱のひとつぐらい、運べますぜ。ここで待ってますよ」

「好きにしろ」

不敵な笑みを浮かべた右京亮が、

「行くぞ」

と作次郎に声をかけ、足を踏み出した。

無言でうなずいて作次郎がつづく。

板屋根、網代戸《あじろど》の片開きの木戸門に、隠居所の名残りがあった。

木戸門の前に立った右京亮が扉を押した。

わずかに軋《きし》んだだけだった。

なかから声がかけられた。

「どちらさまで」

「手慰みにきた」

「手慰み、といわれましても何のことだか」

「とぼけるな。ここが、今戸の甚助の賭場だと聞いてやってきたのだ。早く開けろ。遊びにきたのだ」

「どなたさまで。初顔の方には、お名前をお聞きするようにいわれているんで」

ちらり、と右京亮が傍らの作次郎を見やった。

「どこかに見張りがいるようだな」

目線を走らせて、作次郎が応じた。

「木戸門の脇にある立木の枝に男がひとり、腰掛けております」

「枝は切り落とせるか」

「いとも簡単に」

応えて作次郎が大刀の鯉口を切った。

「早手回しな。ならば、おれも」

にやり、として刀の鯉口を切った右京亮が声をかけた。

「名は、賭場荒らしだ」

大刀を抜き放つや、袈裟懸けに扉に斬りつけた。

断ち切られた網代戸に割れ目が入った。その扉を作次郎が蹴破る。

壊れて外れかけた網代戸を踏みつけて、右京亮と作次郎が入っていった。

「賭場荒らしだ」

門番をやっていたとおもわれるやくざと、

「門の網代戸が壊された」

木から飛び降りた三下《さんした》が、わめきながら賭場へ向かって走り出すのが、ほとんど同時だった。

庵とみえる建家から、用心棒たちが飛び出してきた。

奥へ向かってすすんでいく右京亮と作次郎の前に、用心棒たちが立ちふさがった。目づもりで、十数人はいるとおもえた。

用心棒の頭格とおもえる浪人と作次郎が、たがいに驚愕して睨み合った。

「貴様は、お仲をつけていた浪人」

吠えた頭格に、作次郎も声を高めた。

「あのとき、おれを襲った浪人か」

見渡して、ことばを重ねた。

「見覚えがある顔が揃っている。あのときの勝負の決着、ここでつけるぞ」

頭格がわめいた。

「よく、ここがわかったな。生かして帰さぬ」

ふてぶてしい笑みを浮かべて右京亮が告げた。

「そのことば、そのまま返そう。作次郎、容赦はいらぬ。おれたちは賭場荒らしだ。こ奴らを斬り捨てて銭箱を奪わねばならぬ。それが賭場荒らしの仕事だ」

「承知」

応えた作次郎のことばを遮って、

「かかれ」

頭格の下知《げじ》が飛んだ。
浪人たちが一斉に斬りかかった。
多勢に向かって右京亮と作次郎が、ともに右八双に刀を構え、斬りつけていく。
激しく鋼をぶつけ合う音が響いた。
次の瞬間……。
数ヶ所から噴き上がった血飛沫《ちしぶき》が、深紅の雨と化して、あたりに降り注いだ。

絡《から》繰《くり》之《の》五《ご》

一

すでに四人が地に伏していた。

わずかの間に、四人が斬り倒されている。

そのことに頭格は、驚愕の眼を剝いていた。

先夜、河岸道で斬り合った浪人も、

(強い。束になって、一気に攻め込んで、やっと勝てる相手)

と判じていた。

が、今夜、その浪人とともに賭場荒らしに乗り込んできた兄貴分とみえる武士は、もっと強かった。

先夜、斬り結んだ浪人がひとり斬る間に、武士は三人ほど斬り捨てている。

何よりも、太刀捌きに躊躇がなかった。

(まさに鬼神)

そう見立てた瞬間、頭格は、おのれの身がすくむのを感じた。

武士、早川右京亮が、はた、と頭格を睨みつけ、告げた。

「賭場荒らしに来たのだ。寺銭《てらせん》の入った銭箱をいただく。おとなしく渡せばよし、渡さぬときは、死人の山を築くことになる。賭場へ向かう。邪魔をするな」

右下段に刀を置いたまま、右京亮が足を踏み出した。

左下段に大刀を構え、右京亮と肩をならべて、樋口作次郎がすすむ。

遠巻きにしたまま、用心棒たちが右京亮と作次郎の動きにつれて、体勢を変えていく。

賭場の立つ庵から、今戸の甚助の子分たちが長脇差を手に飛び出してきた。

「野郎」

吠えた子分が右京亮に斬りかかるのと、頭格が、

「止めろ。斬られるぞ」

怒鳴るのが同時だった。

が、すでに遅かった。

斬りかかった子分は、無造作に横に振った右京亮の一太刀で、脇腹を裂かれて倒れ込んだ。

「刃向かえば、斬る」

右京亮が、大刀を躰の前に置いた。青眼崩《せいがんくず》し、と呼ばれる構えだった。

飛び出してきた子分たちは、容赦ない右京亮の戦いぶりに、おののいて立ちすくんだ。

用心棒たちは、斬りかかろうともしない。その顔にも怯《おび》えがみえた。

賭場へ向かって、右京亮が呼びかけた。

「今戸の甚助、甚助がいなければ、賭場を仕切る代貸でよい。おれたちは賭場荒らしだ。寺銭を入れた銭箱をもらいたい。命を捨てるか、銭箱を渡すか、返答せい」

呼応するように、庵から男が出てきた。

羽織を羽織っている。

「今戸の甚助だ。いやに強気じゃねえか」

手にした長脇差を抜いた。

「なめられてたまるか。相手になるぜ」

長脇差を振りかざした甚助に、頭格が声をかけた。

「親分、止めておけ。命が幾つあっても足りぬ相手。この場は、銭箱を渡したほうがいい」

「先生、それじゃ困りますぜ。こいつらを、叩《たた》っ斬《き》っておくんなせえ」

わめいた甚助に、頭格が応じた。

「おれも、そうしたい気分だ。が、何せ腕が違いすぎる。浪人ひとりなら何とかなるが、ふたり相手だと勝ち目はない」

「そんな、用心棒代は、たっぷり出してるじゃありやせんか」

「命あっての物種《ものだね》、という。このまま引くつもりもないが、いまは人手が足りぬ。こいつらと渡り合うには、二十人ほど頭数を増やしても足りぬかもしれぬ」

「高い金を払ってるっていうのに、役立たずな」

舌を鳴らした甚助に、

「どうしても斬り合え、というのなら、この場で用心棒をやめさせてもらう、と答えるしかない。おれは、命が大事だ」

「そんな、つれねえことをいわねえでくだせえよ。先生が腕が立つことは、承知してるんだ。やめるなんて、いわねえでくだせえ。長い付き合いじゃねえですか」

「なら銭箱を渡すんだな」

「そいつは、困る。胴元にとっちゃ、命の次に大事な金だ」

渋面をつくった甚助に、右京亮が声をかけた。

「命のやりとりをするか、すんなり銭箱を渡すか。おれは、どちらでもよい」

一歩迫った右京亮に気圧《けお》されて、甚助が後退《あとずさ》った。

「早くしろ。おれは気が短い」

さらに一歩、近づいた右京亮に、甚助がわめいた。

「銭箱をくれてやらあ。持っていけ、この賭場荒らしの、盗人野郎め」

「何とでもいえ。賭場で得た儲けも、盗んだ銭も、まっとうな稼業で稼ぎ出した金ではない。ともに浮世の裏稼業で、手に入れたもの、しょせん泡銭《あぶくぜに》だ」

いい放った右京亮をいまいましげに睨みつけたまま、振り返ることなく子分に怒鳴った。

「銭箱を持ってこい。賭場荒らしにくれてやるんだ」

無言で顎を引いた子分が、賭場へもどっていった。

銭箱を抱えて出てきた子分に、右京亮が告げる。

「おれの足下へ置け。みょうな動きをすると叩っ斬るぞ」

「いわれた通りにしろ」

顎をしゃくった甚助に、無言でうなずいた子分が右京亮に歩み寄り、足下に銭箱を置いた。

跳び下がるようにして、子分が右京亮から遠ざかった。

油断なく、ぐるりを見渡した右京亮が、見向くことなく作次郎にいった。

「銭箱を持ってくれ」

うなずいた作次郎が、片膝をついて、銭箱を左手で抱え上げた。

見届けた右京亮が、

「引き上げるぞ」

「承知」

応えた作次郎が、右京亮と背中合わせになった。

足を踏み出した作次郎と背中を合わせたまま、右京亮が後退った。

大刀を右下段に構えたまま退いていく右京亮を、今戸の甚助と用心棒、子分たちが憎悪の眼で見据えている。

二

「権造や仙太たちは、今頃、常造と嘉兵衛を迎えに行っている頃だな」

自身番へ向かって歩きながら、松崎が中島に話しかけた。

「辻斬りが出た、と聞いたときの権造の怒りようからみて、高利貸したちが呼び出しに応じるのを嫌がったりしたら、十手で二、三発、殴りかねませんな」

「首に縄をつけても連れて行く、と権造がいっていた。おれたちも、手早く辻斬りにやられた骸をあらためて、待ち合わせた場所に向かわねばならぬ」

「自身番の店番には、表向きは、急な発作で行き倒れたことにする、丁重に弔ってやれ、と申しつたえる。そういうことですね」

「そうだ」

「明日には高利貸したちを動かさねばならぬ。これ以上、辻斬りをつづけられたら、おれたちの身が危うくなる」

「おそらく御奉行は、新手の与力、同心を、辻斬りの探索に注ぎ込まれるでしょうな」

「まず間違いなかろう。いままで、おれたちがやってきた、いい加減な調べがすべて明るみに出る」

「どうしても、辻斬りを止めさせねばなりませぬな」

「相手は大身旗本だ。あっさり引き下がらぬかもしれぬ」

「そのときは、どうなさいます」

「これまでは高利貸したちの顔を立てて、旗本と直に会うことはしなかった」

「旗本は、町方与力や同心を不浄役人と嘲《あざけ》っている連中です。直に会っても、いうことをきかないのでは」

「我が身がかわいいのは、旗本も同じだ。辻斬りの証を揃えて出るところへ出る。評定所の扱いになるように仕掛けると、強談判《こわだんぱん》をする」

「事が表沙汰になったら、われらも身の破滅。無謀なことは、やめられたほうがいいのでは」

「手をこまねいていても、身の破滅だ。お家断絶の憂き目にあうか、それとも辻斬りをやめるか、直談判して旗本を脅しあげるしか、おれたちが助かる道はない」

深々と溜息をついて、中島がぼやいた。

「厄介なことになりましたな。権造から、ふたりの高利貸しから儲け話が持ち込まれた。貸した金を返せる見込みのない連中の借金を、刀の試し斬りをしたい旗本に肩代わりさせる。もちろん、手数料を上乗せした上での商いだ、と実にうまい話でしたが」

「旗本たちが誰にも邪魔されずに辻斬りができる場所を手配りしてくれ、奉行所内で辻斬りの一件を、深く探索しないように仕切ってくれ、ということだった。高利貸したちと打ち合わせたとおりに事がすすむとおもっていたが、何事もうまくいかぬものよ」

苦笑いした松崎に、中島が声をかけた。

「自身番が見えてきました」

向けた松崎の目線の先に、明かりの灯った自身番があった。

町家の陰から通りへ足を踏み出した伝吉は、歩いて来る町方の役人とみえるふたりづれに気づいた。

羽織袴の役人に、着流し巻羽織の、いかにも同心でございます、といった風体の二本差しがしたがっている。伝吉は、先にくるのが与力、つづくのが同心、と見てとった。

再び、町家の陰に身を潜める。

じっと見つめた。

与力たちが自身番に入って行く。

表戸が閉められるのを見届けて、伝吉は通りへ出た。

自身番には、お仲と竹吉がいる。

いつもは小半刻（三十分）もしないうちに自身番から出てくるお仲が、今度にかぎって半刻（一時間）過ぎても出てこない。

自身番のなかで、予期せぬことに出くわしたのだ。そう推断して、表戸に身を寄せ盗み聞きでもしようかと、通りへ出たところに、与力と同心がやって来たのだった。

足音を殺して自身番に歩み寄った伝吉は、腰高障子の表戸の前にしゃがみ込んだ。

耳を澄ます。

次の瞬間、伝吉は顔をしかめていた。なかから、どちらかわからぬが、与力か同心といい争うお仲の声が聞こえてきたからだ。

「それじゃ、あたしが、辻斬りにやられたとおもわれる、この骸をあらためちゃいけないというんですか」

「誰の許しを得て、辻斬りの探索をしていると訊いているのだ。辻斬りは、われらが調べている一件。手出しをすること、まかりならぬ」

ただならぬ様子に伝吉は、なかを覗き込みたい、との衝動にかられた。が、表戸を開けて、飛び込むわけにはいかない。有り様を探るべく、伝吉は、さらに表戸に身を寄せた。

自身番では、お仲と中島が睨み合っていた。竹吉は、お仲の背後で身を硬くしている。板敷の間の上がり端に腰を下ろした松崎が、渋い顔でふたりのやりとりを眺めていた。

「いえ。誰の許しを得たのだ」

「人がひとり、斬り殺されているんだ。あたしゃ、十手持ちだよ。調べるのが当たり前じゃないか」

「三好様の指図か」

「三好さまはご存じないことだよ。骸は、自身番廻りをしていて見つけたんだ。つい、さっきのことだよ。三好さまに、どうやって知らせるんだい。空でも飛べっていうのかい」

「その口のききよう、無礼だぞ。おれは同心だ」

「あたしが何であやまらなきゃいけないんだよ。悪いことは何ひとつ、してないのにさ」

「いわせておけば、許さぬ」

大刀の鯉口を切った中島を睨みつけ、お仲が声高にいった。

「刀を抜こうっていうのかい。斬れるものなら斬ってみな」

帯に差していた十手を抜いて構えた。

「そこまでだ」

声をかけて、松崎が立ち上がった。

ふたりに歩み寄る。

「悪いが、お仲、この場は引き上げるのだな。おれが、明日、三好殿と話をする。辻斬りの一件を調べるのは、それからにしろ」

「松崎さま、それじゃ、どうあっても」

「辻斬りの探索は、おれが任されている。おれの指図にしたがえ。表戸はあっちだ」

顎をしゃくった松崎を睨みつけたお仲が、

「竹、引き上げるよ」

いうなり、背中を向けた。

あわてて、竹吉がつづく。

表戸に身を寄せて聞き耳をたてていた伝吉が、中腰のまま後退り、自身番の裏手の通り抜けに飛び込んだ。

素早い動きだった。

自身番の外壁に躰を寄せ、うずくまった伝吉の耳に、自身番の表戸が開く音が飛び込んできた。

表戸を閉める音がして、足音がした。

身を潜めた伝吉の目の前を、お仲と竹吉が通り過ぎていく。

ふたりをつけようとして、伝吉は立ち上がった。

足を踏み出そうとして、動きを止める。

この刻限だ。多分、お仲は住まいへ帰るはず。そう判じて、伝吉は自身番を見やった。

お仲から松崎と呼ばれた武士は、

「三好殿」

といっていた。三好という名に聞き覚えがあった。樋口作次郎が話していた、右京亮が早川家から北町奉行所へ連れてきた、内与力の三好小六のことだろう、三好殿と呼ぶからには、松崎は同格の与力に違いないと伝吉は推断した。

辻斬りに殺されたとおもわれる骸を、松崎たちは、お仲に調べさせたくなかったのだ。お仲と松崎の連れとのやりとりから、そのことは、推量できる。

持ち場を荒らされてたまるか、という気持ちが、松崎たちを依怙地《いこじ》にした、と考えられぬこともない。

が、他に隠された理由があるように、伝吉には感じられた。

これから、どこへ行くかわからぬが、たとえ、ふたりが屋敷へもどったとしても、それはそれでいい、つけてみるべきだろう。そう決めた伝吉は、再び、自身番の裏手の通り抜けにうずくまった。

浅草東仲町《ひがしなかちょう》の料理茶屋〈月花《つきはな》〉の前、町家の脇に置かれた天水桶《てんすいおけ》の陰に、伊三郎と亀吉は身を潜めている。

高利貸しの、福井町に住む嘉兵衛を、伊三郎たちは張り込んでいた。

空駕籠とともにやって来た、大橋の権造の下っ引きの仙太と諸吉が、嘉兵衛を連れ出し、押し込むようにして駕籠に乗せた。

やたら十手風を吹かせる厭な奴ら。それが伊三郎たちが、仙太と諸吉の顔を覚えた理由だった。

そんな仙太と諸吉が、嘉兵衛を乗せた駕籠の両脇を固めている。

当然のことながら、伊三郎たちは駕籠の後をつけた。

そして……。

駕籠の行き着いた先が、月花だった。

見張りだしてから小半刻ほどして、駕籠が二挺《ちょう》、月花の前で止まった。

駕籠から降り立ったのは、大橋の権造と、見知らぬ五十そこその、でっぷりと肥った羽織を羽織った男だった。

町中を歩きまわっている大橋の権造を見かけて、伊三郎たちは、その顔を覚えていた。

ふたりは、せわしない足取りで月花へ入っていった。

さらに小半刻ほど過ぎ去った頃、着流し巻羽織の同心をしたがえた、羽織、袴姿の与力とおもわれる武士がやって来た。

立ち止まることなく、月花へ入っていく。端から月花が目当てで来たのだろう。

少し間を置いて、歩いて来た男を一目見て、伊三郎と亀吉は、驚きのあまり顔を見合わせた。

男は、無用の伝吉だった。

月花の前で足を止めた伝吉は、ゆっくりと周りを見渡した。

にやり、とした伝吉が、天水桶に向かって足を踏み出した。

「あっしらに気づいたようですぜ。挨拶しなきゃ」

立ち上がろうとした亀吉の肩を、伊三郎が押さえた。

「立つんじゃねえ、人に見られたらどうするんだ」

はっ、として、再び、腰を落とした亀吉が、

「いけねえ。あっしらは張り込んでるんだ」

首をすくめて、舌を出した。

不思議なことに、伝吉は何食わぬ顔をして、天水桶の前を通り過ぎ、近くの通り抜けへ入っていった。

ふたりを、振り向こうともしなかった。

拍子抜けした亀吉が、

「伝吉親分、行ってしまいましたぜ」

小さな声で伊三郎に話しかけたとき、ふたりの背後から、呼びかける者がいた。

やっと聞き取れるほどの声だったが、ふたりの耳には、たしかに届いていた。

ふたりが振り返ると、間近に伝吉の顔があった。

「いきなり天水桶に近づくと、後ろに誰かが隠れているのかもしれない、と疑われる恐れがある。通り過ぎたとみせかけて、後ろからそっと近寄る。このやり方だと、誰にも気づかれねえ」

伝吉のことばに伊三郎が、

「肝に銘じておきやす」

神妙な顔でうなずいた。亀吉も顎を引く。

ふたりを見つめて、伝吉が話しかけた。

「おれは、松崎という与力と連れ同心をつけてきたんだ。お仲をつけていたんだが、自身番でお仲と松崎たちが揉めた」

「揉めた？」

「詳しいことは後で話す。与力たちに引っかかるものを感じてな、それで、ここまでつけてきた。月花の前で立ち止まったら、張り込んでいる者の気配がする。見渡したら、おまえさんたちがいた、というわけよ」

「あっしらは、嘉兵衛という高利貸しを張り込んでおりやした。昼は、何の動きもなかったんですが、暮六つ過ぎになって、空駕籠を用意した下っ引きふたりがやってきて」

そのふたりが、岡っ引き、大橋の権造の下っ引き、仙太と諸吉であること、尾行してきたら月花へ入っていくのを見届けたこと、張り込んでから小半刻ほど後、大橋の権造が見知らぬ商人風の男と月花にやって来たことなどを、伊三郎が伝吉に話して聞かせた。

聞き終わった伝吉がいった。

「大橋の権造と一緒に来た野郎は、おれがつけよう。この刻限だ。松崎たちは八丁堀の屋敷に帰るはず、尾行するには及ばねえ」

「わかりやした。あっしらは福井町の住まいへ嘉兵衛が帰り着くまで見届けやす」

底光りのする眼を向けて、伊三郎が応じた。

半刻（一時間）ほどして、駕籠が二挺、月花の前に止まった。

駕籠舁《かごかき》のひとりが、月花のなかへ入っていった。

迎えの駕籠が着いたことを、知らせにいったのだろう。

駕籠舁がもどってきて、さほどの間を置かずに、仲居に送られて嘉兵衛と、権造と一緒に来た男が出てきた。権造たちは残ったようだった。

駕籠に乗り込む嘉兵衛と男を見つめたまま、伝吉が声をかけた。

「抜かりなくいこうぜ。男の住まいを突き止めたら、おれは伊三郎さんの住まいに向かう。樋口さんとも、そこで落ち合う段取りになっている」

「殿さま、いや、お奉行さまも待っていなさるはずで」

応えた伊三郎に、

「お助け組が勢揃いするわけか。こいつは楽しみだ」

笑みをたたえて伝吉がいった。

三

銭箱が、座敷の一隅に置かれている。

帰ってきた伊三郎が、一目見るなり、声を荒らげた。

「この銭箱、どうしたんでえ」

眼を尖らせた亀吉が、つづけた。

「金平、おめえ、どこかで、くすねてきたんじゃねえのか」

あわてて、顔の前で手を横に振った金平が、

「違いますよ。殿さまと樋口さんがやったことですよ」

「殿さまが？」

訝しげな眼を向けた伊三郎に、にやり、と悪戯《いたずら》っ子《こ》のような笑みを浮かべて、右京亮が応じた。

「賭場荒らしをしたのだ。今戸の甚助一家の、な」

「今戸の甚助一家の賭場を。そいつは大変だ。甚助のところにゃ、腕の立つ用心棒がごろごろしている」

横から、金平が声を上げた。

「殿さまには木戸門の外で待っているといいやしたが、気になって、なかへ入っていったら驚きましたぜ。その用心棒連中が、殿さまと樋口さんには、まるっきり歯がたたねえ。ばったばったと、大根を切るみたいに斬って斬りまくって、用心棒もお手上げでさ」

「そいつは、驚きだ。おれも見たかったな」

能天気な口調で、亀吉が、わが事のように得意げに鼻を蠢《うごめ》かせた。

「腕の違いをみせつけられた用心棒が弱音を吐いて、寺銭を入れた銭箱を渡すように今戸の甚助にすすめた。そんな様子でしたぜ」

「それで、甚助が渋々、銭箱を渡したってわけか」

ことばを継いだ伊三郎に、右京亮が声をかけた。

「おそらく、いかさまを仕組んで儲けた泡銭だ。せめてもの罪滅ぼし、今戸の甚助に代わって伊三郎親分が、一日一度の飯もままならない連中相手に、炊き出しでもしてやるんだな。そうすりゃ泡銭も生まれ変わって、世のために役に立つ金になる」

ぽん、と手を打って亀吉と金平が、ほとんど同時に声を上げた。

「そいつはいいや」

「兄貴、これで売り出せますぜ」

わざとらしく渋面をつくって、伊三郎が首を傾げた。

「売り出すのは嬉しいが、元金が賭場荒らしで手に入れた金だというのが、どうも、ひっかかるなあ」

呵々《かか》と笑って、右京亮がいった。

「気にするな。泡銭を浄化してやるのだ。人助けだ。胸を張ってやれ」

横から作次郎がことばを添えた。

「伊三郎、遠慮はいらぬ。賭場荒らしをしたのは、早川さんとおれだ。銭箱の金は、天からの授かり物だとおもえばいい」

「なるほど、天からの授かり物ですかい。いいことを聞いた。気が楽になりやした」

笑みを浮かべた伊三郎が坐りなおした。

「殿さま、福井町の高利貸し、嘉兵衛を張り込んでいたら、夜になって動きがありやした」

「動き？」

鸚鵡返しした右京亮に、伊三郎が、仙太と諸吉が空き駕籠を用意してやってきて、嘉兵衛を連れだし、浅草東仲町の料理茶屋、月花に連れて行ったこと、その後、大橋の権造が二挺の駕籠をつらねて、見知らぬ五十がらみの男とやって来たことを告げ、

「それから小半刻ほどして、与力と同心がやってきました。その後、おもいもかけぬ人が現れやして」

「おもいもかけぬ人？」

空に目線を泳がせた右京亮が、うむ、とうなずいて伊三郎を見やった。

「伝吉か」

「図星で。伝吉親分は、自身番から松崎と配下とおもわれる同心をつけてきたということで」

ことばを遮るように右京亮が問うた。

「松崎、与力の松崎を伝吉がつけてきたというのか」

「伝吉親分は、大橋の権造と一緒に駕籠に乗ってきた男をつけていきやした。もうじき、

ここにやって来るはずで。くわしい話は、伝吉親分から聞いていただいたほうが」

「そうしよう。伝吉が来るのを待とう」

「あっしは、嘉兵衛が福井町の住まいに入るのを見届けて、引き上げてきやした」

眼を向けた伊三郎に、亀吉が応じた。

「あっしも、この眼でしかと見届けておりやす」

「伝吉がもどってくるまで、四方山話でもしながら待つとするか」

一同を見渡して、右京亮が屈託のない笑みを浮かべた。

ほどなくして、伝吉がやって来た。

座敷に入ってきた伝吉の顔を見るなり、右京亮が訊いた。

「つけていった男の住まいはどこだ」

はす向かいに坐りながら伝吉が応えた。

「浅草田町でした。深更のこと、近所に聞き込みをかけるわけにもいかず、引き上げてきやしたが、明日の朝にも出かけて、男が何者か、聞き込みをかけやす」

「伊三郎から、自身番から松崎という与力をつけてきたと聞いたが、自身番で、その名を聞いたのだな」

「昼から、お仲に張りついておりやした。五ヶ所ほど、自身番をまわっていたお仲が、下谷の自身番へ入ったっきり、なかなか出てきません」

痺れを切らした伝吉が、なかの様子を窺おうと自身番に近づこうとしたところ、同心と、その上役とおもわれるふたりづれが歩いてきた。

みつかっては面倒と、伝吉は元の場所に身を隠した。

同心たちは、自身番へ入っていく。

なかにいるお仲が気になって、伝吉は自身番に歩み寄り、表戸のそばで聞き耳をたてた。

「お仲と同心の言い争う声が聞こえやした。辻斬りにやられたとおもわれる骸をあらためていたお仲を、同心が、誰の許しを得たのだ、と咎めていやした」

話しつづけようとした伝吉を右京亮が遮った。

「待て。いま、辻斬りにやられたとおもわれる骸を、お仲があらためていた、といったが、聞き違いではないのだな」

「言い争う声の盗み聞きでしたが、間違いはありやせん」

「辻斬りが、出たか。一日も早く、辻斬りを捕らえねば、殺される者たちが相次ぐことになる」

独り言のような右京亮のつぶやきだった。

顔を上げて、右京亮が伝吉を見やった。

「松崎という上役の名が、よくわかったな」

「お仲が、松崎さまと名を呼んでおりました。松崎と呼ばれた男が、三好殿と話をするといっておりました。三好さまは内与力、その三好さまを三好殿と呼ぶ松崎は、同格の与力に違いない、と見込みをつけやした」

「松崎と呼ばれていたのは与力、松崎勇三郎、同心は配下の中島盛助であろう。大橋の権造は中島が使っている岡っ引き、仙太、諸吉は権造の下っ引きだ。おそらく権造と一緒に駕籠でやって来たのは、高利貸しの常造に違いない」

横から伊三郎が声を上げた。

「常造の住まいは浅草田町。常造に決まってまさあ」

「そうかい。常造は浅草田町に住んでいるのかい。明日、聞き込みをかけて、そのこと、たしかめよう。念には念を入れろ、というからな」

応じた伝吉に、右京亮が顔を向けた。

「伝吉、聞き込みをかけ、常造だとわかったら、そのまま作次郎とともに張り込め。もし、常造でなかったら、常造の住まいを探り出し、張り込むのだ」

「わかりやした」

「承知しました」

ほとんど同時に、伝吉と作次郎が応えた。

眼を向けて、右京亮が告げた。

「伊三郎と亀吉は、このまま嘉兵衛を張り込め。胡乱《うろん》な奴が出入りしたら、後をつけろ。どこの誰か、たしかめるのだ。ただし、ひとりは残って、嘉兵衛を張り込むのだ」

「そうしやす」

応えた伊三郎にならって、亀吉が無言でうなずいた。

「今夜の探索は、上々の出来だったな。松崎、中島、権造、その下っ引きたちと、嘉兵衛、常造とおもわれる高利貸しに、かかわりがあることがわかった。こ奴らを見張りつづければ、何らかの手がかりがつかめるはず。抜かりなく頼むぞ」

眦《まなじり》を決して、一同が強く顎を引いた。

四

翌朝、明六つ（午前六時）、当番の北町奉行所の表門が開くのを見計らったように、竹吉をつれたお仲がやってきた。

表門を開けた門番に、

「内与力の三好さまに急ぎの用があってね、入るよ」

声をかけて、お仲が前の広庭を横切って、役宅のほうへ小走りで向かっていく。竹吉が後を追った。

役宅の玄関の式台の前に立ったお仲が奥へ向かって、呼びかけた。

「駒形の市蔵のところのお仲でございます。内与力の三好さまに、急ぎ、お知らせしたいことが起きました。お取り次ぎを」

呼びかけに応じて、若党が奥から出てきた。

「三好さまから、駒形の市蔵、お仲、竹吉が来たら、奥庭へ通せ、といわれている。奥庭へ向かうがよい。三好さまには、お仲が奥庭へ向かった、とつたえる」

「道筋はわかっております。

浅く腰をかがめて、お仲が踵を返した。


奥庭へ入っていくと縁側に右京亮と三好が坐っていた。

「お奉行さままで、おいでになったのですか」

おもいがけぬことに立ち止まったお仲に、右京亮が声をかけ、

「近くへ来い。話が遠い」

笑みをたたえて、手招きした。

「それでは遠慮なく」

小走りで近寄ったお仲が、片膝をついた。その背後で、竹吉が片膝をついた。

「急ぎの知らせとは何だ。御奉行は登城前、前置きはいらぬ。中身のみ話せ」

脇から三好が告げた。

ちらり、と三好に走らせた目線を右京亮にもどして、お仲が口を開いた。

「昨夜、下谷の自身番で、辻斬りにあったとおもわれる骸を見いだしました。店番に事の経緯を訊いたところ、昨日早朝に自身番へ届けがあり、届け出た棒手振《ぼてふ》りの魚屋とともに、骸を見つけたところへ向かったそうでございます」

横たわる骸は、驚いたことに店番の幼なじみの左官職人だったこと、身寄りのない幼なじみのために、せめて通夜ぐらいしてやりたいとおもった店番が、勝手に現場から自身番へ骸を移し、北町奉行所へ届け出を遅らせたこと、

「見廻りで顔を出した同心の中島さんに骸を見つけられ、詰問されて、店番は知っているかぎりのことをつたえたそうです」

話し続けようとしたお仲を、右京亮が遮った。

「中島が、骸のある自身番に顔を出したのはいつ頃だ」

「昼の八つ過ぎだと聞いております」

「八つ、だと。中島は、夜まで自身番に骸を放置したままでいたのか」

「あたしが自身番へ行ったのは夜です。少なくとも、それまでは放置してありました。あたしが骸をあらためているところに、松崎さまと中島さんがやって来て、誰の許しを得て、骸を調べているのだ、と咎められました」

それからのお仲の話は、昨夜、右京亮が伝吉から聞いた話と、ほぼ同じだった。

知っている中身だったが、右京亮は初めて聞く風を装った。

聞き終わって右京亮が、お仲に告げた。

「話は、よくわかった。お仲、今日より公に三好にも辻斬りの探索を命じる。三好の小者であるおまえも、誰はばかることなく、辻斬りの一件を調べることができる」

振り返って、ことばを重ねた。

「三好、松崎に、今日より辻斬りの一件の探索にくわわる。これは奉行の命令だ、とつたえておけ。四の五のいったら、奉行に直にいってくれ、と突っぱねろ」

「承知しました」

顔を向けて、声をかけた。

「お仲、聞いてのとおりだ。植村潤之助横死《おうし》の調べもやりやすくなるはず、存分に働いてくれ」

「その植村の旦那のことですが、気がかりな動きがありました」

「気がかりな動き？」

「植村の旦那は、自分の持ち場を外れたところにある自身番にも、顔を出しておられました」

「定町廻りで、見廻る持ち場と決められた一帯以外のところを、見廻っていたというのか」

「その見廻った一帯が、中島さんの持ち場と重なるのです」

「植村は、自身番で、どんなことを訊いていたのだ」

「中島さんの見廻る刻限です」

「刻限？」

「定町廻りは、日々、刻限を違えて見廻るというのが、半ば慣《なら》わしとなっています」

「なぜ植村は、中島の見廻る刻限を訊いたのだろうか」

「わかりません。が、調べていくうちに、気づいたことがあります」

「どんなことに気づいたのだ」

「植村の旦那の持ち場と、旦那が、中島さんの見廻る刻限の聞き込みをかけた自身番の持ち場の境目に、辻斬りが出没しているのです」

「植村と中島の持ち場の境目で、辻斬りが」

「たまたま、そうなったのかもしれませんが」

うむ。と、しばし首をかしげた右京亮が、顔を向けた。

「お仲、よく知らせてくれた。すぐ辻斬りの探索にかかってくれ。それと」

「それと」

鸚鵡返ししたお仲に、

「植村大介は御出座御帳掛《ごしゆつざおちようがかり》の見習い同心に任じた」

「内役でございますね」

「内役だ。植村大介の剣の業前では、探索方に任ずるわけにはいかぬ。咎人のなかには腕の立つ者もいる。死地に向かわせるようなものだ。このこと、市蔵につたえてくれ」

「わかりました」

応じて、お仲がうなずいた。


登城する右京亮を送り出した三好小六は、松崎が北町奉行所へ出仕した頃合いを見計らって、与力会所へ向かった。

与力会所に足を踏み入れた三好は、松崎がどこにいるか目線を走らせた。

内与力の三好は、奉行所内にある奉行役宅に詰めており、与力会所に顔を出すのは、これが二度目であった。

壁際に文机がならんでいる。与力たちが、それぞれの文机に向かっていた。調べ書などをしたためているのだろう。

与力たちのなかに松崎の姿を見つけだしたのか、三好が奥へ向かって足を踏み出した。

奥から三番目の文机の前に、松崎は坐っていた。

声をかけようともせず、三好が松崎の前に坐った。

書き物をしていた松崎が、気配に気づいて顔を上げた。

見合った途端、微笑みかけた三好に、松崎が途惑《とまど》った。

無言で三好を見つめる。

一瞬の沈黙があった。

親しげな笑みを浮かべたまま、三好が口を開いた。

「御奉行から命じられて、不肖、三好小六、本日より辻斬りの一件の探索にかかわることになりました」

「辻斬りの探索は、拙者が任されている。御奉行は、そのことを承知の上で、三好殿に御下命されたのか」

「くわしい事情は、直に御奉行にお聞きくだされ。御下命の折り、御奉行が、そういっておられた」

「探索は、ともにやれ、ということですか」

「たがいに手柄を競え、と仰有っておられました。身共にとっては、はじめて任された一
件、これは負けられぬ、と身の引き締まるおもいでござる」

「ともに同じ北町奉行所の同役、助け合うことこそ肝要かと」

「御奉行は競い合え、と申されました。身共は、おおいに張り切っております。挨拶は終
わりました。これより捕物勝負の始まりですな」

　にこやかに微笑みかけた三好が、

「これにて御免」

　告げるなり立ち上がった。

「お奉行さま、登城なさってる頃合いだね」
「早川さんは、裃着けた堅苦しい出で立ちが嫌いなお人だ。駕籠のなかで、肩でも叩いて
おられるのではないか」

「北町奉行所にお帰りになったのは、夜の八つ(午前二時)近くだろうに、ご苦労なこった」

「北町奉行になって、一番に手をつけねばならぬことは、奉行所内の腐敗を糺《ただ》すことだと、早川さんはいっていた。この世の悪を処断する立場にある町奉行所の役人が、悪に手を染めるなど許せぬ、ともな」

「悪知恵をめぐらせて、御法度の網をくぐり抜ける悪を裁くお助け組の初仕事だ。しくじるわけにはいきませんぜ」

「おれも、そうおもう。失敗は許されぬとな」

伝吉と作次郎は、昨夜、伝吉がつけていった男の住まいを見張ることのできる、町家の陰に身を潜めている。

早朝のこと、下手に聞き込みをかけては、近所の者たちの疑いを招くもとになる。そう伝吉が言い出し、作次郎も同意して、住む者が何者か、まだ近所に聞き込みをかけてはいなかった。

歩いて来る三人づれの、先頭に立つ男を見て、作次郎が声を上げた。

「あ奴は、今戸の甚助」

「今戸の甚助ですって」

「間違いない。賭場荒らしをやった折りに見た顔だ。一緒に来ているのは、子分だろう」

眼を凝らした伝吉が、

「あっしが尾行していった男が入っていった町家に、今戸の甚助たちが入っていきやしたぜ」

「今戸の甚助一家は、高利貸しの常造から頼まれて、貸し金の取り立てをやっていると、伊三郎がいっていたな」

「ここは浅草田町、常造は浅草田町に住んでいるという話だ。ということは、あっしがつけたのは高利貸しの常造、ということになりやせんか」

「後で、聞き込みをかけて、たしかめよう」

「今戸の甚助の用心棒たちが、お仲を見張っていたのは、常造の差し金だったかもしれやせんね。けど、何のために常造がお仲を見張らせたのか、時と場合によっちゃ、命まで奪おうとしたのか、そのわけが、よくわからねえ」

首を捻《ひね》った伝吉に、

「お仲は、辻斬りにやられた町人たちを調べていた。常造と今戸の甚助が、辻斬りにかかわりがあるともおもえぬが」

応じた作次郎も、首を傾げた。

五

住まいの奥の座敷で、常造と今戸の甚助が向かい合って坐っていた。常造の背後に、ふたりの子分が控えている。

封印付きの小判の束を四つ、常造が甚助の前に置いた。

「見舞金として百両、これで勘弁しておくれ」

「賭場荒らしに盗られた金高には足りやせんが、何かと面倒みていただいている常造旦那に文句はいえません」

「当たり前だよ。お仲の見張りと始末を頼んだことと、親分の賭場が荒らされたことは、かかわりがないと私はおもってるよ」

「それはねえでしょう。目障りなお仲を始末する前に、得体の知れねえ浪人を片付けようと、襲いかかった用心棒が四人も斬られたんですぜ。陰ながらお仲を守る奴がいるなんて聞いてませんぜ。その浪人が、賭場荒らしに来た。かかわりがあるに決まってまさあ」

「多少、そんな気もしたから、見舞金を出したんじゃないか。賭場荒らしの一件は、これで仕舞いにしよう」

「あっしも、そう腹を決めておりやす」

「ところで、使いを引き受けてもらいたいんだがね」

懐から、銭入れを取り出した常造が、小判を取り出し、甚助の前に置いた。

「五両ある。これがお使いの駄賃だ」

「駄賃にしちゃ、多すぎる気もしやすが、ありがたく頂戴いたします」

懐から手拭いを取り出し、百両と五両を包み込んだ甚助が、

「で、どんな使いをするんで」

「まず刀剣屋の山城屋《やましろや》へ行って、番頭の惣吉《そうきち》を呼び出し、例の旗本たちの屋敷へ行き、辻斬りを止めるよう説得してこい、とつたえてほしいんだ。暮六つに、私が月花で待っているから、結果を知らせに来るようにともね」

「仕事が終わってから行く、といいだしたら、どうしやす」

「首に縄をつけても、引きずり出しておくれ。昨夜、私らに断りなく、辻斬りをやられて、うまく、うやむやにできるかどうか、まだ分からない有様だ。どうしても、止めさせなきゃ、こっちの首が危なくなる」

「そいつはまずいや。ようがす。多少の荒事を使っても惣吉を連れ出し、きっちり話をつけさせてきやす」

「ついでに、もうひとつ頼みがあるんだ」

「ほかにも、あるんですかい」

「嘉兵衛のところへいって、暮六つに月花に来てくれるようつたえてほしいんだよ」

手を顔の前で横に振って、甚助が応えた。

「そいつは勘弁しておくんなせえ。嘉兵衛旦那のところには聖天の貞六が出入りしている。渡世の仁義で、他の一家が出入りしている金主のところには出入りしねえというのが、稼業の筋でして」

「わかった。そういうことなら嘉兵衛のところには、私が行こう」

「惣吉のところには、ここに控えている助八《すけはち》と岩松《いわまつ》を行かせやす」

振り向いて、ことばを重ねた。

「黒門町《くろもんちよう》の山城屋へ行き、番頭の惣吉を呼び出して用件をつたえろ。少しでも渋るようだったら腕ずくでも連れ出し、話をつけさせるんだ」

「わかりやした」

「まかしといておくんなせえ」

髭面の助八と、四角い顔で色黒の岩松が、相次いで応じた。

「出てきやしたぜ」

町家の陰で張り込む伝吉が、声を上げた。

「二手に分かれるぞ」

困惑した作次郎が、伝吉を見やった。

「今戸の甚助は、ひとりで引き上げていきやす。おそらく一家にもどるんでしょう。子分のふたりは、用事ができて出かけるような気がする。あっしは子分たちをつけやす。樋口さんは、このまま常造を張り込んでいてくだせえ」

「承知した」

「夜になっても、ここには、もどれねえかもしれねえ。落ち合う先は、伊三郎の住まいということに。それじゃ」

無言で、作次郎が顎を引いた。

通りへ歩み出た伝吉が、子分ふたりをつけていく。

しばし見送った作次郎が、常造の住まいに眼をもどした。

山城屋は、寛永寺を背にして、下谷広小路の左手にあった。

近くの店の前で、人を待っているような顔つきで、周囲を見渡しながら伝吉が立っている。

傍目《はため》には、きょろきょろとあたりを見回しているようにみえる伝吉だったが、目の端では、つねに子分たちと山城屋をとらえていた。

子分のひとりが、店に入っていき、四十そこそこにみえる男を連れ出した。

出で立ちからみて、山城屋の番頭とおもえた。

子分たちと話をしていた男が、頭を下げ、いそいそと店のなかへ入っていった。顔が引きつっている。脅されたのか、あきらかに怯えていた。

ほどなくして、店から番頭が出てきた。

腕をとらんばかりに、番頭の両脇に身を寄せた子分たちとならんで、番頭が歩いていく。

半町ほど間を置いて、伝吉が番頭たちをつけていった。

歩いていく常造は、作次郎の尾行には気づいていないようだった。

脇目もふらない。

浅草御蔵を左に見てすすみ、鳥越橋《とりごえばし》を渡った常造は、瓦町《かわらちょう》の辻を右へ折れた。ひとつめの丁字路を左へ曲がり、次の丁字路を右へ曲がる。

右へ曲がって三軒目の町家に、常造は入っていった。

つけてきた作次郎は、町家の前に立った。

誰が住んでいるか、聞き込みをかけよう。そうおもった作次郎に呼びかける声があった。

「樋口さん」

声のした方を振り向くと、常造の入っていった町家の向かい側の通り抜けの入り口から、顔をのぞかせた男に見覚えがあった。

「伊三郎」

つぶやいた作次郎を、伊三郎が手招きした。

通り抜けに入っていった作次郎に、伊三郎が声をかけた。

「立ち話は目立ちます。窮屈《きゅうくつ》ですが、しゃがんでくだせえ。丁半博奕を一緒にやっているようにみせたいんで」

いわれるまま作次郎が膝を折った。

「張り込んでいた浅草田町から、あの男をつけてきたんだ。訪ねたのは、誰の住まいだ」

「高利貸しの嘉兵衛の住まいでさ。あの男は、常造ですかい」

「まだ、聞き込みをかけていないのだ」

「あの男、昨晩も嘉兵衛と一緒でしたぜ。常造に決まってまさあ」

「聞き込みをかけて、たしかめる。それまでは、常造とは決めつけられぬ」

呆れて伊三郎が、

「そりゃ、たしかに、その通りですが」

ぷっ、と吹き出して、ことばを重ねた。

「殿さまが仰有るとおりだ」

「早川さんが」

咳払いをした伊三郎が、右京亮の口調を真似て、いった。

「作次郎は、暮らしのすべてが剣術だ。剣術は一手一手が、嘘偽りのないもの。すべてが現実の動きで成り立っている。作次郎の頭のなかも同じだ。何事も、ひとつずつ現実を積み重ねて、理解しようとする。つまるところ、慎重すぎて融通が利かぬというやつだ」

「融通が利かぬ、といわれたか。何とか直すよう、こころがけねばならぬな」

にやり、として伊三郎がいった。

「気にすることはありやせんや。殿さまは、こうも仰有ってましたぜ。もっとも、その融通の利かぬところが、作次郎のいいところだがな」

今度は、伊三郎が右京亮の声色《こわいろ》を真似た。おどろくほど似ている。

おもわず作次郎が、驚きの声を上げた。

「よく似ている。そっくりといってもいいくらいだ。どこで、声色の修行をしたのだ」

「そんな大袈裟なものじゃありやせんや。殿さまにくっついて銭相場の手伝いをしているときに、おもしろがって始めただけのことでさ」

「器用なものだな。そのうち、何かの役に立つかもしれぬぞ」

「殿さまも仰有ってました。どこかへ雲隠れしたいときは、病《やまい》と称して、おまえを後ろ向きに床に寝かせて、短く応えさせれば、二日ぐらいは誤魔化せるかもしれぬな、とね」

「そんな手もあるか。早川さんも、おもしろがっているようだな」

「骰子《さいころ》でも、いたずらするふりをしやすか」

地面に広げた手拭いに置いたふたつの骰子を、伊三郎が手にとった。

たいした用事でもなかったのか、小半刻もたたないうちに、常造が出てきた。

「毎晩のことですまぬが、おまえの住まいで伝吉と落ち合うことになっている」

立ち上がりながら、作次郎が声をかけた。

「気にかけることは、ありやせん。お助け組の出城みたいなもんですから」

笑みをたたえて、伊三郎が応じた。

先を行く常造を、作次郎はつけつづけた。

住まいに入っていく常造を見届けた作次郎は、聞き込みをかける相手を求めて、あたりを見回した。

下城してきた右京亮を待ちかまえていたように松崎が、役宅の用部屋へやって来た。

向かい合って坐るなり、話しかけてきた。

「報告が遅れましたが、一昨夜、辻斬りがでました。斬られたのは、左官職の寅吉《とらきち》。下谷の自身番の店番の幼なじみです。店番が、一人暮らしの寅吉のために通夜をやってやりたいと申すので、一晩、その自身番に骸を留め置きました」

「三好から聞いたとおもうが、三好にも辻斬りの探索を命じた。なかなかすすまぬ探索に、わしも、いささか痺れがきれた。下がってよいぞ」

立ち上がった右京亮に、無言で、松崎が深々と頭を下げた。

屋敷の塀の陰に身を寄せて、伝吉は、じっと表門の前に立つ甚助の子分たちを見つめていた。

刀剣屋の番頭は、いま、屋敷のなかにいる。

訪ねた屋敷は、ここが二軒目だった。

いずれも、大身旗本の屋敷とおもえる、広大な敷地を有する、豪壮な居宅であった。

御成街道《おなりかいどう》を神田川へ向かってすすんだ番頭たちは、突き当たった河岸道を右へ折れた。

昌平橋を渡り、表猿楽町にある旗本屋敷に行き、番頭ひとりが屋敷に入っていった。

半刻ほどして、番頭が出てきた。

待っていた子分たちとともに小川町へ出た番頭は、雉子橋《きじばし》通りに面した武家屋敷に入っていった。

そしていま、伝吉は番頭が出てくるのを、待っている。

とうに、半刻は過ぎ去っていた。

話が、長引いているのだろう。

待ちくたびれたのか、子分のひとりが両手を上げて、背伸びをした。もうひとりが欠伸《あくび》をする。

かれこれ一刻（二時間）ほどして、番頭が出てきた。

疲れ切った顔をしている。

たがいに歩み寄った番頭と子分たちが、肩をならべて歩きだした。相変わらず、子分たちは、番頭の両脇についている。

何があっても逃がさない、との強い意志が子分たちの動きから感じられた。

つけながら伝吉は、番頭がなぜ、子分たちのいうがままにしているのか、考えていた。

子分たちは、常造から頼まれて動いている。

ということは、常造には逆らえないわけを、番頭が抱えているということになりはしないか。そこまで考えたとき、伝吉のなかで閃《ひらめ》くものがあった。

(金を借りているのだ)

それも半端な金高ではない。常造のいうことを聞かざるを得ないほどの金高なのだ。刀剣屋の番頭が、旗本屋敷を一日に二軒ほど訪ねることは、商売柄、さして不思議なことではない。

が、その動きが、高利貸しの常造に強要されたものであることが問題だった。大身旗本二家と常造に、どんなかかわりがあるというのか。伝吉は首を捻った。

が、番頭のことはもちろん、旗本たちについて、くわしいことを知らない伝吉には、思案のすすめようがなかった。

調べるしかあるまい、番頭と旗本たちのことを。そう考えながら伝吉は、番頭と子分たちをつけつづけた。

浅草寺で撞《つ》く鐘の音が、暮六つ(午後六時)を告げて鳴り響いている。

東仲町のあたりは、遊びに来た男たちで賑《にぎ》わっていた。

料理茶屋、月花の出入りを見張ることのできる通り抜けには、四人の男がしゃがみ込んでいた。地面に広げた手拭いには、骰子がふたつ、置かれている。

傍目には、四人が、道ばたで博奕に興じているようにみえた。

四人の男たち、それは、伝吉、樋口作次郎、伊三郎と亀吉であった。

それぞれが番頭、常造、嘉兵衛をつけてきて、月花の前で顔を合わせたのだった。

番頭に張り付いていた今戸の甚助の子分ふたりは、月花に連れてきた番頭が、見世のなかへ入っていくのを見届けてから引き上げていった。

番頭たち三人が、月花に入っていって、すでに二刻（四時間）近くになる。

お奉行さまは、とっくに伊三郎の住まいに着かれて、あっしらがもどるのを、首を長くして待っていなさるはずだ。そうおもって伝吉は、空を見上げた。

黒雲が空を覆っている。垂れ籠めた雲が、天空を常より低く感じさせた。

知らせることや、右京亮の指図を仰ぐことが、山ほどあった。が、張り込みを止めるわけにはいかなかった。

番頭の住まいを突き止める。それが、いま、一番にやるべきことだ。伝吉は、そう自分にいいきかせていた。


中間がふたり、歩いている。

とうに四つ（午後十時）は過ぎていた。

その中間たちを、お仲はつけている。竹吉が、お仲にくっつくように従っていた。

中間たちを、お仲がつけるのには、わけがあった。

一昨夜、寅吉が辻斬りにあったあたりに聞き込みをかけたところ、居酒屋の主人や酌《しゃく》女《おんな》など数人が、辻斬りが出たとおもわれる刻限の少し前に、歩いていく二人連れの中間の姿を見かけている。

定町廻り同心、中島と植村が見廻りすると決められた持ち場の境目を、お仲は歩きまわっていた。そこへ、ふたりの中間が現れた。酌女たちから聞き込んだ話が気にかかっていたお仲は、ためらうことなく、中間たちをつけたのだった。

急に早足となった中間たちが、辻を左へ曲がった。

見失う恐れがある。急ぎ足でお仲が辻を左へ折れたとき、やって来た武士と、まともにぶつかった。不意に武士が飛び出してきたかのように、お仲には感じられた。

「申し訳ございませぬ。急いでおりましたので」

頭を下げたお仲へ、武士が吠えた。

「謝ってすむことか。武士に体当たりをくれおって。許すわけにはいかぬ。無礼打ちにしてくれる」

大刀を引き抜くなり、斬りつけてきた。
跳び下がって、お仲は身を躱《かわ》した。
が、後ろにいた竹吉を跳ね飛ばした分、動きが鈍った。
小袖の袖が、切り裂かれて、垂れていた。
帯に差した十手を抜いて、身構える。
「竹、早く起きな。こいつは、手強いよ」
声をかけられた竹吉が、あわてて起き上がり、お仲の斜め後ろで十手を構えた。
「十手持ちか、こいつはおもしろい。腕試しをしてやる」
上段に構えを変えた武士が、一歩踏み込みざま、大刀を振り下ろした。
その刀を、お仲が十手で受け止めた。
武士の力は強い。
押しつける大刀に、武士が、さらに力を込めた。
負けじと、渾身の力を振り絞ったお仲の腕が、小刻みに震えた。
大刀を受けた十手が、お仲の首に押しつけられていく。
「女だてらに十手をふりかざすとは、身の程知らずな。その首、押し斬ってやる」
薄ら笑いを浮かべた武士が、大刀を持った手に、さらに力を込めた。

絡繰《からくり》之《の》六《ろく》

一

突然……。

耳をつんざく悲鳴が響き渡った。

「仕損じたか」

呻いた武士が、いきなり、お仲を蹴飛ばした。

踵を返した武士が、悲鳴が上がったほうへ走り去っていく。

再び、くぐもった叫び声が聞こえたような気がした。

あおむきに倒れ込んだお仲が起き上がる。

竹吉が駆け寄った。

「命拾いしましたね」

小袖についた泥を手で払い落としながら、お仲が応じた。

「正直いって、年貢の納め時だとおもったよ。二度目の叫び声がした途端、あの武士、仕損じたか、と口走ったけど、辻斬りを仕損じた、という意味だったかもしれないね」

「悲鳴が聞こえたほうに、行ってみますか」

「さっきの武士が、どこかで待ち伏せしているかもしれないよ」

ぶるるっ、と顔を横に振って、竹吉が応じた。

「行くのはやめましょうよ、お仲さん。あんなのが相手じゃ、命が幾つあっても足りませんや」

「意気地のないことをいうんだね、竹。もし、辻斬りにやられた骸が道ばたに転がっていたら、どうするんだよ。十手持ちがふたりもいて、悲鳴を聞いても知らんぷりしてたんじゃ、世間の笑いものになるのがおちだよ。ついておいで」

足を踏み出したお仲に、

「あまり気がすすみませんけど、行きますよ。行きゃあいいんでしょう」

ふて腐れた竹吉が、数歩ほど遅れて歩き出した。

周囲に警戒の目線を走らせながら、お仲がすすんでいく。顔を恐怖に引きつらせながら、竹吉が、おそるおそるついていった。

通りの前方に、こんもりと盛り上がった塊がみえた。

下谷金杉下町《かなすぎしもちよう》の両側に町家がつらなる通りから、下谷竜泉寺町《りゆうせんじまち》へ抜ける道を道なりに行くと新吉原の、右脇へ出る。お歯黒溝に沿ってすすむと、日本堤《にほんづつみ》に突き当たる。右へ折れて、日本堤を行き、見返り柳をさらに右へ折れると吉原の大門となる。

不夜城と評される吉原には、小半刻（三十分）ほどで行き着くせいか、このあたりは、まばらではあるが、いつもは深更まで人の往来のある一角であった。

が、今夜は、幾重にも黒雲が重なり、いまにも雨が落ちてきそうな空模様もあってか、人の姿は見えなかった。

どこに、さっきの武士が潜んでいるかわからない。お仲は、一歩ごと周りに気を注ぎながら、塊へ向かってすすんだ。竹吉が、つづく。

遠目で塊とみえたものは、俯せに横たわる人の骸だった。小袖を着流している。お店者《たなもの》のようにおもえた。

眼を剝いた断末魔の形相が凄まじい。

斬られて、間がないせいか、断ち斬られた背中や肩から、血が、断続的に噴き出している。

お仲は十手の先で、傷口をあらためた。

三ヶ所に傷跡があった。

止《とど》めを刺したのか、背中から胸へ向けて、深々と刀を突き立てた跡があった。

「仕損じたか」

武士が口走った一言が、お仲の耳に甦った。

あの武士は、辻斬りの一味だったんだ。確信に似たおもいが、お仲のなかに生まれていた。

振り向いて、声をかけた。

「竹、近くの自身番に一走《ひとはし》りして、店番を連れてきておくれ。骸の番をさせるんだ」

「ひとりで大丈夫ですかい」

「さっきの武士が相手じゃ、竹がいても、ひとりと同じだよ」

「そいつぁ、あんまりの言いぐさだ。あっしだって、何かと役に立ちますぜ」

「ぐだぐた無駄口を叩いてないで、早く行きな。店番がきたら、あたしは、ひとりで北町奉行所へ知らせに走らなきゃならない。急ぐんだよ」

「足には自信があるんだ。そんなに時はかかりませんぜ」

背中を向けるなり、竹吉が走り出した。

骸に眼をもどしたお仲が、再び、傷口をあらためはじめた。

五つ（午後八時）近くに、右京亮は北町奉行所を出た。町役や名主たちの上申書に対する返書を書くのに、おもいのほか手間取ったのだった。

小袖の着流しに編笠という、いつもの忍び姿で、背後に気を配りながら右京亮は歩いていく。

つけてくる者の気配はなかった。

一昨夜、辻斬りが出没している。必ず新たな動きがあるはずだ。松崎勇三郎、中島盛助、大橋の権造と下っ引きたち、福井町の常造と今戸の甚助、浅草田町の嘉兵衛と、嘉兵衛が貸し付けた金の取り立てを請け負っている、やくざの聖天の貞六一家につながりがあることは、分かっている。

ふつうなら商売敵ともいうべき常造と嘉兵衛が、手を組んでいるのは明らかだった。お仲を張り込んだ浪人たちは二組いた。そのうちの一組は、今戸の甚助の用心棒たちだった。そのことは賭場荒らしに乗り込んだとき、作次郎が見届けている。

残る一組は、聖天の貞六一家の用心棒たちとおもえた。

おそらく、一日おきに用心棒を出す、と常造と嘉兵衛の指図を受けた今戸の甚助と聖天の貞六が、話し合って決めたのだろう。

辻斬りと松崎たち、常造、嘉兵衛たちには、必ずかかわりがある。右京亮は、そう睨んでいた。

今日一日で、伊三郎や伝吉たちが、どんな話を聞き込んでくるか、その中身次第で、事件の探索は一歩も二歩も前進する。

一時も早く、皆のつかんできた話を聞きたい。そのおもいが、右京亮を自然と早足にさせた。

が、急ぎに急いで、やって来た伊三郎の住まいには、金平しかいなかった。

上がり込んだ右京亮は、昨夜のように壁際に坐り、背をもたせかけた。

誰かが帰って来るまで、一眠りするつもりでいる。

右京亮が、ゆっくりと眼を閉じた。

北町奉行所の与力会所では、松崎が、文机の前に坐っていた。

書き物をしているわけではない。

腕組みをして、空を見据えて座している。

与力会所のなかには、誰の姿も見えなかった。

どうしても今日中に、中島に話さなければいけないことがあった。右京亮が、三好小六に辻斬りの探索を命じたことをつたえ、向後の動き方を打ち合わせしなければならない。

定町廻り同心の持ち場の見廻りを終えて、とっくに帰ってきているはずの中島だった。何か起こったのだ。まず間違いない。下手に動きまわるより、与力会所で待つべきだ。御奉行は、明らかに、おれを疑っている。

いままでやってきた事件のもみ消し、裏金をもらった上で咎人を見逃したことなど、両手の指では数え切れないほどの悪事に荷担してきた。その礼金は、巨額なものだった。

手は打ってある。いままでの悪事が、表沙汰になることは、決してないだろう。松崎は、頭のなかで、かつて仕遂げた悪事の数々をおもい起こしていた。

口を割る恐れのある奴らは、この手で息の根を止めてきた。

今度の一件でも、辻斬りにしくじりのないよう仕組むべく動きまわる中島に疑念を抱いて、密かに調べ始めた植村潤之助を、何者かに襲われた風を装って、松崎自身が斬り殺している。

南北ともに町奉行は、早ければ一年余、長くとも数年で入れ替わる。早川右京亮のように、奉行所内の風紀に細かく目配りする奉行は、いままでいなかった。

辻斬りの一件さえ、巧みに立ち回って逃れられれば、他には仕掛かっている裏商いはない。いまの御奉行が御役御免になるまで、何もせず時が過ぎるのを待つ。新しい御奉行の器量を見極めたところで、裏商いに手を染めればいい。松崎は、そう腹をくった。

気がかりなことは、中島が迂闊な動きをして、裏商いの手がかりを残してしまうことだった。

そのときは、どうする？　自分のこころに問いかけた松崎は、瞬時に答えを得た。

あらゆる手を尽くしても逃れられぬ時は、仲間すべての息の根を止めても、おれだけは生き残る。たとえ中島といえども例外ではない。それが、松崎の結論だった。

が、それは最後の手段、自分にかかわりの薄い順に始末していく。そこまで思案して、松崎は酷薄な笑みを浮かべた。

二

「店番、手を貸してもらいてえ」

声をかけて表戸を開け、自身番へ飛び込んだ竹吉の顔が驚愕に歪んだ。

板敷に、中島が腰をかけていた。

見廻りの途上、中島は、その自身番に立ち寄ったのだった。

血相を変えた竹吉の様子に、中島が事件の臭いを嗅ぎつけた。

容赦ない中島の追及に負けて、辻斬りが出てお店者風の男が殺されたと、竹吉が口を割った。

「辻斬りを調べるのは、おれの役目。案内せい」

と居丈高《いたけだか》に中島がいい、竹吉とともに向かった。

やってきた中島は骸のそばで膝を折り、あらためているお仲を見て咎めて、声を荒らげた。

「何をしている。誰の許しを得て骸をあらためているのだ。辻斬りにやられた骸だと聞いた。辻斬りの一件は、松崎様とおれの仕掛かりだ。誰にも手は出させぬ」

「この骸を見つけたのは、あたしだよ。今朝方、内与力の三好さまに、辻斬りの探索を始めるよう、お奉行さまが命じられたんだ。松崎さまとは手柄を争え、とも仰有ったんだよ。骸をあらためさせるわけにはいかないね」

柳眉《りゅうび》を逆立てて、お仲が声を高めた。

対峙した中島が吠えた。

「偽りを申すな。そんな話は聞いていない。三好様の口から、そのことを聞くまで信用できぬ」

「じゃ、三好さまから、辻斬りの探索を松崎さまと競い合うことになった、と告げられたら、中島さんは、おとなしく、この場から引き上げてくださるんだね」

「そうしよう。もっとも、三好様が、この場に来られるとはおもえぬがな」

「来てくださるさ、初手柄になるかもしれない一件だからね」

振り向いて、声をかけた。

「竹、あたしが行くつもりだったけど、この場にいたほうがよさそうだ。おまえがあたしの代わりに北町奉行所に走っておくれ。三好さまにご注進して、すぐご出役《しゅつやく》していただくんだ」

「わかりやした。行ってきやす。一刻のうちには、三好さまを連れてもどりやす」

背中を向けた竹吉が、土を蹴立てて走り出した。

自身番の店番が、不安げに骸の傍らに立っている。

骸の前に立ちふさがるようにして、お仲が松崎と向き合った。

身じろぎもせずに、ふたりは睨み合っている。


浅草東仲町の料理茶屋、月花の前から二挺の駕籠が動きだした。駕籠には、それぞれ常造と嘉兵衛が乗っている。

一緒に出てきた刀剣屋の番頭は、月花の前で駕籠二挺を見送り、遠ざかるのを見届けて歩き出した。

どうやら番頭は歩いて帰るのだろう。

二挺の駕籠を、それぞれ作次郎、伊三郎と亀吉がつけていった。

遊所から帰りそびれた客とでもおもったのか、作次郎ら三人が常造と嘉兵衛を尾行していることを、番頭は気づかなかった。

見え隠れに、伝吉が番頭をつけていった。

やがて山城屋にもどった番頭は、裏手にまわり、裏の潜り戸から入っていった。

様子からみて、番頭は山城屋に住み込んでいるとおもえた。

町家の外壁に身を寄せて、番頭の一挙手一投足を見据えていた伝吉は、姿が消えるのを見届けて、山城屋に背中を向けた。

歩き出す。

いつのまにか早足になっていた。

行き着く先は、伊三郎の住まいであった。

北町奉行所の表門は、固く閉ざされている。

門番所の物見窓に歩み寄って、竹吉が声をかけた。

「急ぎの御用でございます。駒形の市蔵の下っ引きの竹吉、内与力の三好さまに出張っていただきたくまいりました。お取り次ぎを」

物見窓の窓障子が細めに開けられ、門番が顔をのぞかせた。

「いま潜り門を開ける」

潜り門の扉が、なかから開けられた。

なかに入った竹吉に門番がいった。

「三好様は役宅でお休みかもしれぬ。一緒に行って。わたしが声をかけてやろう」

「そいつは有りがてえ」

役宅へ向かって歩き出した門番に、竹吉がつづいた。

玄関の式台の前に立った門番が、奥へ向かって呼びかけた。

「三好様、市蔵親分のところの、下っ引きの竹吉が、急ぎの御用でまいりました」

「急ぎの用とな。すぐ行く」

声が上がり、小走りに来る足音がした。

顔を出すなり、三好が問いかけた。三好は、羽織袴の、勤めの出で立ちを解いていなかった。大小も腰に帯びている。

「辻斬りでも、出たか」

門番の後ろに立っていた竹吉が、前に出て、応えた。

「図星で。お仲さんが、いま中島さんと睨み合っています、手柄争いの始まりですぜ」

「そいつは大変だ。急がねばなるまい」

式台に下りた三好が、式台の脇に置いてあった草履を履いた。

歩きながら、門番に告げた。

「御奉行がおもどりになったら、辻斬りが出たと竹吉が知らせて来た、おれは、竹吉を道案内に、辻斬りにやられた骸が転がっているところへ向かった、とつたえてくれ」

「承知しました」

歩をすすめながら、門番が応じた。

先を行く竹吉に、三好がつづいた。


風に流されたのか、夜空を覆っている、どんよりとした雲のあちこちに切れ目ができている。

骸の傍で、お仲と中島盛助は睨み合ったまま立っていた。

店番は、四人に増えている。

ひとりでは人手が足りない、と判断したお仲が、竹吉が連れてきた自身番の店番にいって、新たな店番を手配するよう命じたのだった。

自身番の店番は機転の利く男だったらしく、骸を運ぶときに備えて、大八車も用意してきた。

その大八車が、骸の近くの道端に止めてある。

足音が聞こえた気がして、お仲は耳を傾けた。

そんなお仲の様子に気づいて、中島も聞き耳をたてた。

足音は、少しずつ大きくなってくる。

それも、ひとりの足音ではなかった。

入り乱れている。

ふたり、あるいは、三人の足音とおもえた。

ふたりだとすれば、三好さまと竹。三人だったら、お奉行さまかもしれない。まさか、お奉行さまが来てくださるなんて、そんなことが、あるはずがない。骸あらためのために、お奉行さまが出張ってこられるなんて。お仲のこころが、みょうに高ぶっている。

不意に、お仲の脳裏に、微笑みかける右京亮の姿が浮かび上がった。

途惑いが、お仲を襲った。

あたしゃ、お奉行さまに惚れちまったのかもしれない。惚れても、どうにもならない身分違いのお人。惚れるなんて、そんなこと、おもってもいけない。けど、骸のそばで、こんなこと考えるなんて、酔狂な話だね。お仲は、おもわず苦笑いを浮かべていた。

足音が、次第に近づいてくる。

向けたお仲の目が、歩み寄る、ふたつの、朧な黒い影を捉えた。

やって来たのはふたり。三好さまと竹に違いない。お仲は、なぜか、拍子抜けしたような気分になっていた。

気が急くのか、三好が早足となった。

歩きながら、呼びかける。

「お仲、お手柄だったな。危なかったと竹吉から聞いたが、怪我はないか」

「袖を斬られただけです。それより三好さま、中島さんが、何やら話があるようで、お待ちです」

「そうか」

そばに来た三好が、中島に笑いかけた。

「お仲がいっていたとおもうが、御奉行から御下命があってな。今日から、おれも辻斬りの一件を探索することになった。松崎殿たちとは、手柄を競い合えということだ」

「それは、どういうわけで」

「わからぬか」

顔を覗き込むようにして、三好が中島にいった。

「お主たちの調べが、遅々としてすすまぬからではないか。まあ、御奉行から、このような仕打ちを受けても文句はいえぬのではないか」

「探索の遅れは認めます。が」

「話は終わりだ。中島、引き上げていいぞ」

「しかし」

嫌味な薄ら笑いを浮かべて、三好がいった。

「引き上げていただけますかな、中島さま」

こみ上げる怒りを押し殺して、中島が応じた。

「わかりました。引き上げさせていただきます」

頭を下げた中島が、背中を向けた。

歩き去っていく。

向き直って三好がお仲に問いかけた。

「辻斬りの一味と思われる武士と斬り合いになったそうだな」

「どこかの藩の家来ではないか、と。月代の手入れも行きとどいておりましたし、出で立

「浪人ではないというのだな」

ちもととのっておりました」

「まず間違いありませぬ。ただ、気にかかることが」

「気にかかること？」

鸚鵡返しした三好に、お仲が応えた。

「悲鳴が聞こえたとき、その武士が、ことばを発しました。仕損じたかと、ただ一言。予期せぬことが起きたために、おもわず口に出したのではないかとおもわれます」

「仕損じたか、とつぶやいた、と」

「武士の振り下ろした刀を十手で受け止めましたが、力負けして、まさしく紙一重、刀が肩に食い込むところでしたが、仕損じたか、と発するなり、そのまま刀を引いて、悲鳴のしたほうへ走り去っていきました」

「武士の動きからみて、辻斬りの一味と見立ててもよさそうだな」

うむ、と三好が首を傾げた。

しばしの間があった。

再び、お仲に眼を向けた三好が、

「まずは骸をあらためよう」

と、骸に歩み寄り、膝を折った。

傍らにならんだお仲が、話しかけた。

「傷跡は三ヶ所。背中から胸へと突き刺した刀傷が、止めの傷口ではないかとおもわれます」

骸に刻まれた刀傷を三好が念入りにあらためていく。

「なるほど辻斬りを仕掛けたものの、やられるほうの逃げ足の速さに焦って、背中に一太刀、のけぞったところを肩口に、もう一太刀。この二太刀はいずれも傷は浅い。さらに、逃げようとしたところへ、ぶつかるように刀を突き立てた、といったところか」

骸から手を離して、三好が独りごちた。

口には出さなかったが、お仲の見立てと三好の見立ては同じだった。

骸あらためは初めてのはずなのに、三好には動揺した様子もなかった。

立ち上がりながら三好がいった。

「とりあえず骸を自身番へ運ぼう。明日にでも、御奉行に時間をつくってもらい、骸あらためをしてもらうつもりだ」

店番たちに顔を向けて、お仲が声をかけた。

「店番さんたち、骸を大八車に乗せて、自身番へ運んでおくれ」

店番たちが、無言でうなずいた。

相次いで住まいにもどってきた伊三郎と樋口作次郎から、右京亮は話を聞いていた。料理茶屋、月花で高利貸しの常造と嘉兵衛が落ち合ったこと、少し遅れて、今戸の甚助の子分たちにつれられた刀剣屋、山城屋の番頭とおぼしき男がやって来たこと、子分たちをつけていった伝吉が現れたことなどを、作次郎とともに話してくれた伊三郎が、

「月花から出てきた嘉兵衛をあっしと亀吉が、常造を樋口さんが、番頭を伝吉親分がつけていきやした。あっしは、嘉兵衛が住まいに入るところを見届けておりやす」

横から作次郎が、声を上げた。

「私も、常造が住まいに入っていくのを、見届けました」

応じた右京亮が、

「気にかかるのは、山城屋の番頭らしき男だ。常造が差し向けた、甚助の子分たちのいいなりにならざるを得ない弱味があるに違いない。おそらく、金を借りているのだろう。刀剣屋の番頭か」

黙り込み、空を見据えた。

しばしの間があった。

「刀剣屋の番頭なら、商いのために武家屋敷に出入りするはず。試し斬りでもやりませんか、と客の武士に持ちかけたのかもしれぬな」

独り言のような右京亮のつぶやきだった。

その場に沈黙が訪れたとき……。

表戸が開く音がして、

「伝吉だ、上がらせてもらうよ」

と奥へ呼びかける声が聞こえた。

座敷へ入ってきた伝吉に、右京亮が訊いた。

「山城屋の番頭らしき男、通いかい、それとも、住み込みかい」

向かい合って坐りながら、伝吉が応じた。

「住み込みで。月花から、まっすぐ山城屋へ帰っていきやした」

「甚助の子分たちをつけていったら、山城屋へ行き、番頭らしき男を呼び出し、無理矢理、休みをとらせた。そういうことだな」

「渋々、休みをとった様子が見え見えでした。番頭は、それから表猿楽町の大身旗本の屋敷を訪ねて、半刻ほど、そこにいました。それから小川町は雉子橋通りの大身旗本の屋敷へ行き、なかへ入って一刻ほどして出てきました」

「それから月花へ向かったというのだな」

「そうです」

顔を向けて、右京亮がいった。

「伊三郎、表猿楽町と小川町の雉子橋通りあたりが描いてある江戸の切絵図はないか」

「切絵図は一通り、揃っておりやす。そのあたりなら〈飯田町駿河台小川町絵図〉一枚で、用が足りるはずで」

一隅に、所在なさそうに坐っている金平を見やって伊三郎が声をかけた。

「金平、〈飯田町駿河台小川町絵図〉を持ってきてくれ。おれの寝間の棚にあるはずだ」

「取ってきます」

立ち上がって、金平が座敷から出て行った。

向き直って、右京亮が告げた。

「伝吉、切絵図をみたら、番頭が、どの屋敷を訪ねたか分かるな」

「道筋は頭に入っておりやす。切絵図を指でたどれば、間違うことはありやせん」

切絵図を手にして、金平が座敷にもどってきた。

「おれにくれ。畳んだままでいい」

のばした右京亮の手に、金平が切絵図を渡した。

受け取った切絵図を開いた右京亮が、伝吉の前に広げた。

「伝吉、始めてくれ」

「わかりやした」

身を乗り出した伝吉が、切絵図を指でたどった。

「一軒目はここでさ」

指先を止めた伝吉が右京亮を見やった。

「旗本、寄合衆、深谷助太夫《ふかやすけだゆう》の屋敷か。二軒目は、雉子橋通りのどこの屋敷だ」

「ここでさ」

「旗本、寄合衆、山岡庄一郎《やまおかしよういちろう》の屋敷だ」

顔を切絵図から上げて、右京亮がことばを重ねた。

「ふたりの旗本と刀剣屋の番頭に高利貸したち。どんなかかわりがあるのか、とことん調べ上げねばなるまい」

横から、作次郎が声を上げた。

「調べるといっても、武家は町奉行所の支配違い。探索は、むずかしいのではありませぬか」

「江戸南北、両町奉行所には支配違いがある。が、お助け組には支配違いなどない。たとえ上様の寝間であろうと、そこが悪の巣窟《そうくつ》なら、乗り込んで処断するのが、お助け組の勤めだ」

眦を決して、一同が大きく顎を引いた。

三

北町奉行所に中島がもどったときには、すでに表門は閉まっていた。

「中島だ。潜り門を開けてくれ」

門番所の物見窓に声をかけた中島に、急いで潜り門の扉を開けた門番が告げた。

「急ぎの用がある、中島様がもどったら、与力会所に顔を出すようにつたえてくれと、松崎様からの、おことばでございます」

「わかった」

短くいい、中島が潜り門を通り抜けた。

ほどなくして、中島の姿は与力会所にあった。

向かい合って松崎が坐っている。

「そうか。三好殿から、骸あらためを拒まれたか」

「御奉行から、松崎様と手柄を競い合えといわれたと、けんもほろろのあしらいでした」

「今朝方、三好殿から、辻斬りの一件の探索を命じられ、おれと手柄を争えといわれた、との話があった。そのことをおまえにつたえねばならぬと、待っていたのだ」

「見廻るよう定められた持ち場の自身番に顔を出したところ、竹吉が血相変えてやって来て、手を貸してくれ、という。竹吉の、ただならぬ様子に、何かある、とおもい、厳しく詰問しましたところ、辻斬りにやられた骸が転がっている、と口を割りました」

「辻斬りを止めるよう、常造と嘉兵衛に厳しく申し渡した。直ちに手配りする、とふたりともいっていた。此度の辻斬り、別口ではないのか」

「そうともいいきれませぬ。辻斬りの一味とおもわれる武士に襲われて、お仲が危なかったと、竹吉が話していました」

「武士に襲われた、というのか」

「そう聞いております」

「武士、か」

「月代の手入れが行き届いた、羽織袴姿の、どこかの藩の家来のような出で立ちだった、と竹吉が」

「大身旗本の家来、ということもありうるな」

無言で、中島がうなずいた。

「このまま常造と嘉兵衛に、まかせておくわけにもいかぬようだな」

うむ、と首を傾げた松崎が、中島に眼を向けた。

「これから権造のところへ行こう。明日から、大車輪で動かねばならぬ。おまえは昼までに、常造たちと旗本の間に立っている山城屋の番頭と、おれが会う段取りをつけるのだ。顔合わせしたら、おれは番頭とともに旗本たちの屋敷へ乗り込む」

「それでは、松崎様は、今夜の辻斬りは、貸し金を肩代わりした旗本の仕業と睨んでおられるのですな」

「まず間違いない。旗本たちは、おれたちが段取りをつけた辻斬りではおもしろくないのだ。一昨日の辻斬りも、今夜の辻斬りも、いずれも町方の見廻りの手薄な死んだ植村潤之助と中島、おまえの持場で起きている。そのことを知っているのは、例の旗本たちだけだ」

「そういわれれば、たしかに」

「新たに辻斬りにやられた、ふたりの身辺を権造に探らせろ。旗本にかかわりのありそうな連中が、ふたりの動きを探るために、まわりをうろついているはずだ」

「そういえば、竹吉が、歩いている中間ふたりに不審なものを感じて、後をつけたら、不意に武士が現れたといっていました」

「それだ。中島、おれと番頭を引き合わせたら、ふたりの中間が一昨日の夜、うろつきまわっていなかったか聞き込みにまわれ。死んだ植村とおまえの持場の境目あたりから始めるのだ」

「承知しました」

「とりあえず、権造のところへ行こう。寝ていたら、叩き起こして、今夜、辻斬りが出たことをつたえる。今後の段取りも決めねばならぬ」

大刀を手にとり、松崎が立ち上がった。

脇に置いた大刀に、中島が手をのばした。


半刻（一時間）後、早足で歩みをすすめた松崎と中島は、権造の住まいにいた。

「今夜も、辻斬りが出た」

坐るなり、中島が告げた。

「まさか、手配りに手抜かりはありませんよ。そんなこたあ、あるはずがねえ」

憮然とした顔つきで、権造が吐き捨てた。

じっと見据えて、中島がいった。

「出たのだ、辻斬りが。おれが、この眼で斬られた骸を見てきた。間違いない」

「それじゃ、常造と嘉兵衛は、あっしを虚仮《こけ》にしたということになりやすね。勘弁できねえ。これから乗り込んで、白黒つけてやる」

怒りに躰を震わせて、権造が立ち上がろうとした。背後に控える仙太と諸吉も、腰を浮かした。

「待て。下手に動くことは許さぬ」

有無をいわさぬ松崎の物言いだった。

「松崎さま、あっしは腹が立って、我慢できねえんでさ。こらえるのも、一苦労ですぜ」

不満げに鼻を鳴らして、権造が坐りなおした。

顔を見合わせて、仙太たちも坐る。

じっと権造を見据えて、松崎がいった。

「明日の昼四つに常造と嘉兵衛を、ここへ連れて来るのだ。それから、小半刻ほど後に、山城屋の番頭を連れてこい。おれは、四つまでに、ここに来る」

「番頭、惣吉という名ですが、惣吉を連れて来て、何をなさるんで」

「惣吉と一緒に旗本たちの屋敷へ乗り込む。いままでは、惣吉の仲立ちで、ことをすすめてきたが、これからは旗本たちと直にやり合う」

「身分を笠《かさ》に着て、やたら威張りたがる旗本たちが相手、何かと面倒なことになりやすぜ」

不敵な笑みを浮かべて、松崎が応じた。

「百も承知だ。が、辻斬りをやっていることが表沙汰になれば、困るのは旗本たち、切腹、お家断絶も覚悟せねばならぬ。もちろん、辻斬りを仕組んだおれたちは罪に問われる。旗本たちにも罪を背負ってもらわねば、それこそ不公平というもの」

「それじゃ、松崎さまは、半ば脅すつもりで、旗本たちのところに乗り込まれるんで」

「そうだ。このまま手をこまねいていたら、おれたちは危うい立場に追い込まれる。いや、それ以上のことになるかもしれぬ」

「それは、どういうことで」

口をはさんで、中島がいった。

「御奉行が、辻斬りの一件の探索を、内与力の三好様に命じられたのだ。松崎様の率いるおれたちとは、手柄を争え、といわれたそうだ。三好様は植村潤之助が使っていた駒形の市蔵、お仲、竹吉を引き継いでおられる」

「そいつは厄介だ。これからは捕物上手の市蔵やお仲たちが、うるさく辻斬りの一件を嗅ぎまわることになる。あっしらが常造や嘉兵衛とつるんで、辻斬りを仕組んでいたことが、いずれ暴かれやすぜ」

「おそらく、そうなるだろうな」

渋面をつくって、中島が応じた。

重苦しい沈黙が、その場に流れた。

ややあって、松崎が口を開いた。

「これから先は、無駄な動きはできぬ。中島は、今夜は、ここに泊まり込め。常造と嘉兵衛、惣吉を連れてくるよう手配りし、おれが惣吉と話して出かけたら、中島は、奉行所で打ち合わせた探索へ向かえ」

「承知しました」

横から権造が声を上げた。

「あっしらは、どう動きやしょう」

「相次いで辻斬りにやられた町人ふたりの身辺を洗え。中間がふたり、その町人たちのまわりをうろついていたかどうかも、調べろ。それと」

「それと」

鸚鵡返しした権造に、松崎が告げた。

「明日は屋敷に乗り込んで、旗本たちと強談判するのだ。何があるかわからぬ。暮六つになったら探索を打ち切り、住まいに引き上げて、おれの指図を待て。中島は奉行所にもどれ」

「承知」

「わかりやした」

相次いで、中島と権造がうなずいた。仙太と諸吉が、無言で権造にならった。


帰ってきたお仲を見て、市蔵が問いかけた。

「どうした。袖が切れているぜ」

後から入ってきた竹吉が口をはさんだ。

「辻斬りの仲間らしい武士から、お仲さん、危うく斬られるところだったんで」

顔を歪めた市蔵がいった。

「命拾いをしたわけか。女の身だ、男相手に無茶はいけねえぜ」

殊更《ことさら》に明るい口調で、お仲が応じた。

「わかってるよ、お父っつぁん。不意打ちを食らったんだ。無茶はしないよ」

「いつ命を落とすか、一寸先は闇の岡っ引き稼業だ。気をつけるしかねえ」

「しつこいよ、お父っつぁん。わかってるって、いってるじゃないか」

口を尖らせたお仲に、市蔵が呆れ返った。

「おまえってやつは、すぐ尖《とんが》る。短気は損気というぜ」

「短気はお父っつぁん譲りだよ」

「口の減らねえとこは、おっかさんそっくりだぜ」

「ふたりの娘だからね。お父っつぁんにも、おっかさんにも似るんだよ」

「これだ」

さらに呆れた市蔵が、口調を変えて、ことばを重ねた。

「五つ前に、不意に植村の大介さんが顔を出されてな。御出座御帳掛同心の見習いに任じられたそうだ」

「そのことは、朝方、お奉行さまから聞いてるよ」

「そうかい、知ってたのかい」

「その大介さんだけどさ。今夜、植村の旦那が殺されたあたりを歩きまわっているのを見かけたんだ。骸あらために出張ってこられた三好さまには、そのことをいわなかったんだけど、まさか、自分で植村の旦那殺しの下手人を捕らえようとしていなさるんじゃないだろうね」

「その、まさか、さ。大介さんは、幸いなことに暮六つには奉行所を出られる。父上を斬った下手人を見つけだし、敵討ちをする決心だと、大変な剣幕でな。いまはお務め大事に励むときだと、なだめたのだが耳に入ったかどうか」

「お奉行さまは、大介さんの剣の業前じゃ、外役についたら命が幾つあっても足りない。咎人のなかには腕のたつ悪党が何人もいる、と仰有ってたよ。皆伝といってもいいほどの腕前だった植村の旦那を一太刀で斬った相手だ。敵討ちなんて、とても無理だよ」

「そういやあ、植村の旦那、大介さんがもう少し、剣の稽古に励んでくれたらいいのだが、とぼやいてらしたな」

「あたしたちには、大介さんが無茶をしないように祈ることしかできないよ」

「出くわした辻斬りのこと、くわしく話してくれねえか」

「一昨夜、辻斬りが出たとおもわれるあたりに聞き込みをかけたんだよ。そしたら、ふたりの中間がぶらついているのを何人かが見かけた、というのさ。今夜、見廻っていたら、ふたりの中間を見かけた。それで後をつけたら、やり合った武士と出くわしたのさ」

その武士が、中間の尾行を邪魔するように、お仲の行く手に立ちふさがったこと、悲鳴が上がった後、「仕損じたか」と口走り、もう一押しすれば肩を押し切れたというのに、なぜか刀を引いて、悲鳴がしたほうへ走り去ったことなどを、お仲は市蔵に話して聞かせた。

聞き終わった市蔵が、うむ、と首を傾げた。

わずかの間があった。

眼を向けて、お仲に声をかけた。

「その武士は、おまえの睨んだとおり、辻斬りの一味に違いない」

「三好さんも、そう仰有ってたよ」

「まずは辻斬りにやられた男の身元を調べることった。男の身辺を洗ったら、後は、ふたりの中間のこと、しつこく聞き込みをかけろ。中間たちの足取りを追えば、辻斬りの手がかりがつかめるかもしれねえ」

「そのつもりだよ」

「しっかりやりな。おれも、明日から聞き込みにまわる。一昨夜、辻斬りにあった職人の身のまわりを調べ、ついでに高利貸しの常造と嘉兵衛のふたりから金を借りていて、厳しい取り立てにあっている連中を洗い出す」

「無理しちゃ駄目だよ」

「てめえの躰のことは、わかってるつもりだ。駒形の市蔵、まだまだ老いぼれちゃいねえ。男が男に惚れたんだ。惚れ込んだ、お奉行さまのお役に立ちてえ、心意気のひとつもみせてえ、とおもっているのよ」

にやり、とした市蔵に、

「あたしと手柄争いだね。お父っつぁんが相手でも容赦しないよ。悪いけど、この勝負は、あたしの勝ちさ」

笑みをたたえて、お仲が応じた。


北町奉行所に右京亮がもどってきたのは、九つ（午前零時）を大きくまわった頃合いだった。

役宅の玄関から入ってすぐの座敷の戸襖を開けたまま、三好が廊下を向いて坐っていた。

帰ってくる右京亮を決して見逃すまい、との強い意志が、三好の動きに現れていた。

足音を聞きつけたのか、座敷から顔を出して、三好が呼びかけた。

「殿、辻斬りが出ましたぞ」

「辻斬りが」

足を止めた右京亮の顔に厳しさがあった。

「用部屋で話を聞く」

ことばを重ねた右京亮が歩き出す。三好がつづいた。

用部屋に入り、刀架《とうか》に大刀をかけた右京亮が坐るのを待ちきれぬように、三好が声をかけた。

「殿、骸をみつけたのはお仲です」

「お仲が」

「先夜、辻斬りが出たとおもわれるあたりをお仲が聞き込んだら、ふたりの中間がぶらぶらと歩きまわっているのを見かけた者が何人もいた。何となく気にかけていたら、今晩、いや、日をまたいだから昨夜になるのか、中間がふたり、歩いているのを見かけた。気になって後をつけてみると」

不意に武士が現れ、ぶつかりそうになって因縁をつけられ、襲われたこと、斬りつけられた刀を十手で受け止めたが、力負けして肩を押し切られそうになったとき、悲鳴が上がったこと、聞いた瞬間、「仕損じたか」と武士が口走って、刀を引き、悲鳴のしたほうへ走り去ったこと、武士が去ったほうへ行くと骸が転がっていたこと、骸には三ヶ所、刀傷があったことなどを三好が話したとき、右京亮が口をはさんだ。

「ふたりの中間とその武士には、おそらく何らかのかかわりがあるのだろう。実は、伝吉たちが、おもしろい話をつかんできた」

「おもしろい話」

「高利貸しの常造と嘉兵衛から金を借りているのか、何やら弱みを握られている様子の刀剣屋の山城屋の番頭とおもわれる男が、甚助の子分に呼び出され、ふたりの大身旗本を訪ねさせられた」

「ふたりの大身旗本ですと」

「表猿楽町に屋敷のある深谷助太夫と小川町雉子橋通りに住まう山岡庄一郎が、番頭らしき男が訪ねた屋敷だ。その男は、暮六つに常造や嘉兵衛と浅草東仲町の料理茶屋で落ち合っている」

「武鑑にあたれば、すぐわかりますが、私の記憶では、ふたりとも禄高は四千石前後のはず。刀剣屋の奉公人が出入りしているとなると、名刀新刀に興味のある口かもしれませぬな」

「刀好きの大身旗本が、入手した新刀の試し斬りでもやらかしたか」

「滅相もない。そんな途方もないことをやるはずがありませぬ。表沙汰になったら身は切腹、扶持は召し上げられ、御家断絶の憂き目にあうは必定ですぞ」

「やる奴がいるかもしれぬぞ。三好、今日は、旗本の家来仲間のなかで口の軽い、噂好きの奴を連れ出し、深谷助太夫と山岡庄一郎の噂を聞き込んでこい」

「口の軽い、噂好きの奴か」

うむ、と首を捻った三好が、ぽん、と右手で左の掌を打ち、ことばを重ねた。

「こころ当たりがあります。あいつなら、まず間違いなく噂を聞き出せます。しかし、殿、今日は是非とも殿に御出馬願いたいことが」

「何だ」

「辻斬りにやられた町人の骸あらためをしていただきたいとおもって、自身番に骸を留め置いてあります」

「下城してから自身番へ出向こう。その後、三好は噂好きの奴のところへ向かってくれ」

「承知しました。後もうひとつ」

「もうひとつ？」

「竹吉が店番に手伝いを頼みに自身番へ走ったら、たまたま中島盛助が居て、強引に辻斬りにやられた骸が転がっているところへ押しかけ、お仲と、骸の調べをどっちがするか揉めまして、私が駆けつけ、松崎殿とは手柄争いだと申し渡し、引き上げさせました」

「それでは中島は松崎から、三好がおれから辻斬りの探索を命じられたことを、まだ聞いていなかったのか」

「見廻りに手間取り、奉行所へもどっていなかったようです。私は、殿が登城された後すぐに、松崎殿に、辻斬りの探索に仕掛かることになったとつたえたのですが」

「松崎のことだ。今日あたり、何かいってくるだろう」

「口八丁手八丁を絵に描いたような男ですからな、松崎は。調べたことは、隠し事なくつたえあうべきではありませぬか、と文句の一つもいいに来るかもしれませぬな」

「いずれにしても旗本は支配違いのため、手の出せぬ相手。が、確たる証をつかめば、やりようはある。三好、ふたりの中間とお仲を襲った武士、存外、深谷か山岡とかかわりがあるかもしれぬぞ。そのうち乗り込んで、揺さぶりのひとつもかけてみるか」

右京亮が、不敵な笑みを浮かべた。

四

その日の朝、とある町家の陰で伝吉と樋口作次郎、伊三郎と亀吉の四人が、おもわず顔を見合わせていた。

四人は、大橋の権造の住まいの表戸を見張ることができるところに身を潜めている。伝吉と作次郎は、常造を連れ出した大橋の権造を、伊三郎と亀吉は嘉兵衛を迎えに来た諸吉の後をつけて、やってきたのだった。

「常造と嘉兵衛を連れてきた。何か企んでいるのかもしれねえな」

独り言のような伝吉のつぶやきだった。

「そういや仙太の姿が見えなかったな」

首を傾げた伊三郎に、

「留守番でもしてるんじゃねえですか」

気楽な口調で、亀吉が応えた。

「男が四人、雁首《がんくび》揃えて突っ立ってたら、目立つことこの上ない。どうしたものか」

誰に訊くともなく、作次郎がいった。

「そのことなら心配いりません。博奕をやってるふりをしやしょう」

懐から取り出した手拭いを、膝を折った伊三郎が道端に置いた。手拭いには、骰子がふたつ包み込まれている。

「手拭いを囲んで、しゃがんでくだせえ。立ったままじゃ博奕をやってるようには見えませんや」

「その通りだ。しゃがみましょうぜ」

声をかけて伝吉が片膝をついた。作次郎と、亀吉が、伝吉にならった。

小半刻（三十分）ほどして、亀吉が声を上げた。

「仙太がやってきますぜ。ふたり連れだ」

首をのばして見やった伝吉に、

「山城屋の番頭じゃねえか。昨夜の今朝だ。何か、起きたんだぜ」

仙太たちを見つめたまま、作次郎が首を捻った。

「昨夜、料理茶屋を出てきたときは、三人とも、のんびりした様子にみえたが、今日は顔がこわばっている。何が起きたんだろう」

「ふたりが、なかに入っていきやすぜ」

眼で追いながら、伊三郎がいった。

「いろいろと勘繰っても仕方がねえや。待ってりゃ、奴らは必ず動き出す。見張りつづける。おれたちにできることは、それしかねえよ」

骰子ふたつを手に取った伝吉が、手拭いの上に転がした。

それから半刻（一時間）ほど、何事もなく過ぎた。

通りを見やった伝吉が、何かを見極めようとするかのように腰を浮かせた。

「見知った顔か」

訊いた作次郎に、伝吉が応えた。

「与力の松崎で」

「与力まで、やってきたんですかい。よほどの事が起きたに違いねえ」

顔をこわばらせて伊三郎がいった。

「おかしいな、どうしたんだろう」

首を捻った伝吉に作次郎が訊いた。

「何がおかしいのだ」

「いえね、この間、お仲をつけたときには同心の中島が、松崎と一緒だったんで。中島は、どうしてるんだろう、とおもいやして。伊三郎のいうとおり、大事な集まりだと、あっしも見立てておりやす。その集まりに中島が顔を出さねえなんて考えられねえ」

「そういわれれば、そうだな」

釈然としない顔つきの作次郎に、伝吉がいった。

「与力の松崎、大橋の権造と下っ引きふたり、高利貸しがふたりに山城屋の番頭らしき男。役者は揃ってるんだ。なぜ中島は来ないんだ」

間延びした口調で、亀吉が口をはさんだ。

「中島とかいう同心、泊まり込んでるんじゃねえですか、大橋の権造のところに」

「まさか、岡っ引きのところに泊まり込む同心なんて、いるはずがねえ。もっとも、使っている岡っ引きたちが、ちゃんと働くかどうか見張るためにくっついてる、というんだったら、ねえこともねえがな」

咎めるような伊三郎に、

「それだ。伊三郎、お手柄だぜ」

揶揄したように、伝吉が声を上げた。

「伝吉親分、お手柄はねえでしょう。手柄らしいことは、何ひとつやってませんぜ」

恨めしげに伊三郎が応えた。

「いま、いったじゃねえか。岡っ引きたちがちゃんと働くかどうか見張るためにくっついている、と」

「それじゃ、中島は、権造のところに泊まり込んでいると」

「そうよ。朝っぱらから手分けして権造たちが動いたのは、中島が眼を光らせていたからよ。もう少し待てばわかることさ」

一同が、無言でうなずいた。

半刻ほどして、権造の住まいの表戸が開いた。

「仙太が出てきた」

声を上げた亀吉が、ことばを重ねた。

「権造、諸吉、常造に嘉兵衛、着流し巻羽織の同心野郎だ。やっぱり泊まってたんだ」

つづいて番頭と松崎が出てきた。表戸の前で二言、三言、ことばをかわし、番頭と松崎が歩き出した。

「松崎たちは、おれがつける。作次郎さんは、中島をつけてくだせえ」

声をかけた伝吉に、

「承知した」

「あっしらは、権造たちをつけやす。亀吉、奴らが二手に分かれたら、おれたちも別々に動くことになるぜ」

「まかしといて、おくんなせえ」

相次いで作次郎、伊三郎と亀吉が応えた。

振り向くことなく、伝吉は足を踏み出している。作次郎たちが伝吉につづいた。


下城してきた右京亮は、編笠に着流しの忍びの姿に着替えて、三好とともに北町奉行所を出た。

歩きながら三好が話しかけてきた。

「松崎は、昼前に、急ぎの調べがある、といって出かけたそうです」

「松崎め、昨夜、おまえたちから骸あらためを断られたことで一文句いってくるかとおもったが、何やら悪知恵をめぐらしたのかもしれぬな。三好、今後、松崎の動きから眼を離すな」

「承知しております」

「急ごう。骸あらための後、まわりたいところがある」

足を早めた右京亮に、

「どこへ行かれるか訊いても、殿のことだ、教えてくださりますまい。何も訊かぬことにします。何やら水臭い気もしますが、殿のご気性のなせること、仕方ないとおもいますが、それにしても水臭い」

ぼやきながら三好が後を追った。


自身番で、右京亮は片膝をついて、昨夜、辻斬りに殺された町人の骸をあらためていた。

「一太刀めは浅傷、二太刀めも急所を外し、よろけて逃げるところを後ろから突き刺したか」

立ち上がりながら、右京亮がつぶやいた。

「私の見立ても同じです。この町人の動きが、意外と身軽だったんで、辻斬りめ、慌てたのでしょう」

声をかけてきた三好に右京亮が応じた。

「おそらく、そんなところだろう、仕損じたか、と口走った武士は辻斬りをしくじった、とさとって、最悪の場合、町人に止めを刺すつもりで走り去った。もう一押しで、押し斬れるお仲への攻撃を止めた理由は、それしか考えられぬ」

「店番に命じて、骸を近くの寺へ葬らせますか」

「もう一日、自身番に留め置いておけ。骸は殺されたあたりから、さほど離れていないところに住んでいるはず。店番を動かし、近くの長屋を虱潰《しらみつぶ》しに当たらせて、昨夜、帰っていない者がいるかどうか、調べるのだ」

「直ちに手配りします」

「ここでわかれる。夜、探索の結果を聞く。役宅へもどるまで起きていてくれ」

「寝ていたら起こしてください」

「わかった」

笑みをたたえた右京亮が踵を返し、表戸へ向かった。


一刻（二時間）後、右京亮は小川町は雉子橋通り沿いにある旗本三千八百石、寄合衆、山岡庄一郎の屋敷の表門の前にいた。

「旦那」

呼びかける者がいる。やっと聞き取れるほどの声だったが、右京亮の耳は、しかと、その声を聞き取っていた。

振り向いた右京亮の眼が、山岡の屋敷の塀の切れ目から半身をのぞかせている伝吉の姿をとらえた。

ゆったりとした足取りで、右京亮が伝吉のほうへ歩いていく。

塀の切れ目を左へ折れたところに伝吉が立っていた。

「誰かをつけてきたのだな」

声をかけた右京亮に伝吉が応えた。

「松崎と刀剣屋の番頭らしい男が、小半刻ほど前に山岡の屋敷に入っていきやしたぜ」

「松崎と山城屋の番頭が」

「今日は、朝から連中の動きが慌ただしかったんで。大橋の権造と下っ引きたちが、それぞれ出向いて、高利貸しの常造、嘉兵衛、山城屋の番頭らしい男を、権造の住まいへ連れてきやした。中島は、泊まり込んで、みんなの動きを見張っていたようでして」

「中島が、大橋の権造の住まいにいたというのか」

「樋口さんが中島、伊三郎と亀吉が権造たちと、手分けして尾行してやす」

「そうか。役者が揃ったというわけだな」

「おもいもしなかった、とんでもない事が起きたんじゃねえかと」

「昨夜、辻斬りが出たのだ。辻斬りの一味らしき武士から襲われて、お仲が危うく斬られるところだった」

「辻斬りが出て、一味らしき武士にお仲さんが」

「先日、辻斬りが出た夜に、ふたりの中間が、うろうろとその近くを歩きまわっていたという話を聞き込んだお仲は、昨夜、ふたり連れの中間を見かけて、気になって後をつけた」

「その武士が、お仲に襲いかかって、中間たちを逃がしたということですかい」

「多分な」

「ところで、旦那は、どうしてこんなところに来られたんで」

「山岡と一度、顔を突き合わせて話してみようと考えてな、やってきたのだ」

「乗り込む先を、山岡のところと決められたのは、どういうわけで」

「深谷助太夫の禄高は四千百石、山岡庄一郎は三千八百石だ。おれの家禄は四千石。わずか百石多いだけでも、深谷は、おれより身分が上ということになる。身分が上だと何かと扱いにくいものだ。で、三千八百石の山岡を選んだのだ。弱い者いじめだがな」

「弱い者いじめとはおもいませんね。戦術というやつでさ」

「まさか伝吉から、戦術の話を聞くとはおもわなかったな。ところで、松崎が訪ねたのは、ここが一軒目か」

「いえ。深谷助太夫の屋敷を訪ねておりやす。一刻ほど、なかにいて、それから、ここへまわってきたという次第で」

「入ってから、どのくらいになる」

「かれこれ小半刻になりやすか」

「出てくるまで、待つしかなさそうだな」

「どうしても山岡の屋敷に乗り込まれるんで」

「お仲を襲った武士は、どこかの藩の家臣のようだった。月代はととのっているし、出で立ちもきちんとしていた、というのだ。大身旗本の家来も、小大名の家臣たちと似たようなものだ」

「たしかに」

「乗り込んで、揺さぶりをかける。大身旗本など、世間知らずの者たちばかりだ。臑《すね》に傷持つ身なら、必ず動き出す」

「武士は、北町奉行の支配違いの相手。乗り込まれても、相手にされずに追い出されるんじゃねえですか」

「禄高からいえば、おれが上だ。同じ大身旗本、しかも、自分より身分の高い相手を、けんもほろろに扱うわけがない。顔を突き合わせ、おもいつくままに、かまをかけてやるだけさ」

「いずれ書付か証の品でも、盗み出さなきゃならないようなときが来るとおもいやす。できる限りでいいですから、屋敷の間取を調べてきておくんなせえ」

「おれが調べるより、もっといい手があるぞ」

「どんな手があるというんで」

「山岡も、深谷も拝領屋敷だ。間取図ぐらい、奉行の権限で手に入るだろう。公儀の書庫あたりにいけば借りることができよう。明日にでも三好にやらせる。それより」

「何ですかい」

「ふたりで張り込んでいると目立つ。おれは、別の場所で張り込む」

「わかりやした」

やって来た道へもどるべく、右京亮が踵を返した。


その頃、屋敷の接客の間では、不機嫌な顔つきの山岡庄一郎と松崎勇三郎が向き合って坐っていた。それぞれの脇に家臣と惣吉が控えている。

「いかにも昨夜、辻斬りをやったのは、わしだ。ここにいる佐竹精蔵《さたけせいぞう》と家臣三人が警固についた。佐竹は、わしの剣術指南役でもある。一刀流の達人だ。手がかりは残しておらぬ。

町人のくせに身軽な奴でな。初太刀は外したが、止めを刺した」

横から佐竹精蔵が口をはさんだ。

「町人は、たしかに息絶えていた。身共がたしかめた」

「何度もいっているが、手がかりを残したかどうか、そんなことはどうでもいいのだ。昨日、この惣吉が、辻斬りを止めてくれるよう申し入れたはず。なぜ、辻斬りをやられたのか、存念のほどを訊きたい」

詰問するような松崎の物言いだった。

「何度も答えている。惣吉の仲立ちで、常造と嘉兵衛から、取り立てができそうもない町人の借金を肩代わりしてくれれば、辻斬りを装って、その町人たちを斬り殺してもよい。疑惑を抱かれないように仕組む細工賃もいただくことになるが、それでよければ手配する」

顔を惣吉に向けて、山岡庄一郎がことばを重ねた。三十代半ばとみえる山岡の顔が、怒りに歪んでいる。額に癇癖《かんぺき》の証の青筋が浮き出ていた。

「そうであったな、惣吉」

「そのとおりでございます。ただ、江戸北町奉行に就かれた早川右京亮というお方が、辻斬りの一件に興味を示され、探索に人手を割かれたそうで。これより探索が厳しくなるのは明らか。それゆえ、辻斬りをお止めくださいと申し入れたのです」

鼻先でせせら笑って山岡が応じた。

「できぬ相談だな。後ふたり、借金の肩代わりをした町人がいる。全額、前金でいただきたい、と嘉兵衛と常造がゆずらなかったので、金は、後ふたり分、渡してある。金を払ったふたりに、近々、辻斬りを仕掛けるつもりだ。このこと、譲る気はない」

じっと見据えて、松崎が声を上げた。

「金を先払いしたふたりに辻斬りを仕掛けること、止めていただく。万が一、辻斬りをやったら、私にも覚悟がある」

「覚悟？　何をするというのだ」

「旗本寄合衆、山岡庄一郎様は新刀の試し斬りのために、辻斬りをしている。と評定所へ訴え出る所存」

「そんなことをしたら、事が表沙汰になる。松崎、おぬしも困るのではないか」

「いずれ近いうちに、辻斬りの一件は露見します。事が暴かれる前に、手を打っておかねばなりませぬ」

「武士には、町奉行所は手を出せぬ。支配違いだからな。手を打って、わが身を守らねばならぬのは、松崎、不浄役人のおまえと町人たちだ。わしとは関わりのないことだ」

「われらは一蓮托生《いちれんたくしょう》。辻斬りという、悪事の舟に乗り合わせた腐れ縁の仲。舟が沈むときは、ともに沈んでいただきます。評定所へ訴え出るということは、ただの脅しではございませぬ」

「おのれ、不浄役人め、いわせておけば、いいたいことをほざきおる」

「直ちに、辻斬りを止めていただけますな」

「考えておこう」

「やめる、といわれるまで、ここで待たせていただきます。事が露見すれは、身は切腹、扶持は召し上げられ、御家断絶に追い込まれるは必定。山岡様には、私の助けが必要なはず。どう動くべきか、よく考えられるがよい」

腕組みをした松崎が、じっと山岡を見据えた。


すでに一刻近く過ぎ去っている。やってきてから右京亮は、三度、張り込む場所を変えていた。

武家地である、このあたりには顔見知りの旗本仲間が、何人も住んでいる。見知った旗本が通りをやってくるのを見かけるたびに、右京亮は、顔を合わせないように、さりげなく違う場所へ移ったのだった。

表門の潜り門の扉が、なかから開かれた。

編笠の端を持ち上げ、右京亮は眼を凝らした。

出てきたのは、松崎と番頭らしき男だった。

歩き去っていく松崎たちを、塀の陰から通りへ出てきた伝吉がつけていく。伝吉は、右京亮のほうを見向きもしなかった。

松崎たちが辻を左へ折れた。

つけていく伝吉も左へ曲がり、姿がみえなくなった。

見届けた右京亮が、ゆったりとした足取りで山岡の屋敷へ向かった。

門番所の物見窓の前に立った右京亮は、声をかけた。

「山岡庄一郎殿に目通《めどお》り願いたい。拙者は旗本四千石、早川右京亮、江戸北町奉行の職にある者。山岡殿と、ゆっくりと話したいことがあるのだ。あくまでも忍びで訪ねてきた、とつたえていただきたい」

物見窓の窓障子を開けて、門番が顔を出した。

「すぐ潜り門を開けます。お待ちください」

門番所の表戸が開く音がして、駆け寄る足音がした。

潜り門が開けられ、門番が顔を出した。

「お入りください。すぐ取り次いでまいります」

「忍び、あくまでも忍びでやって来たのじゃ。ほんの気まぐれ。気遣いは無用じゃ」

呵々と、屈託のない笑い声を上げた右京亮が、潜り門を抜け、足を踏み入れた。

もどってきたのは門番ではなかった。筋骨たくましい家臣だった。

「佐竹精蔵と申す。当家の主人が、接客の間で待っております。ご案内いたします」

「佐竹殿は、みるからに強そうだな。かなり剣の修行を積まれたのではないか」

「一刀流を少々」

「腕に覚えのあるお人は、みんな、少々、といわれる。免許皆伝、私は、そう見立てたが」

「早川様は、剣の上手と聞いておりますが」

「剣の上手というよりは、山師旗本、銭相場狂いの算盤旗本、という噂のほうが広まっておりますな。正直いって、私は剣の修行より金儲けのほうが楽しい」

「金儲けが楽しい、とは本心でいっておられるのか」

「嘘などいって何の得がある。本心でござるよ。金で買えぬ物はない。いい暮らしも望みのままだ。金がないと貧乏しますぞ。貧乏は辛いといいますぞ」

呵々と、大口をあいて右京亮が笑った。

ちらり、と侮蔑の眼を向けた佐竹が、

「もうすぐ接客の間です」

「まだ聞いておりませぬぞ」

「何でござるか」

「一刀流は免許皆伝の腕でござろう。もっとも、答えてもらっても一文も出ぬがな」

「皆伝の腕でござる」

「そのうち、一手《いって》御指南願いたいものだ」

「殿のお許しがあれば」

「会ったら頼んでみるかな」

笑みをたたえて右京亮がいった。

接客の間で、下座に坐って山岡庄一郎が待っていた。

当然のように上座に坐りながら、右京亮が問いかけた。

「千代田のお城で、顔を合わせたことがありますな。口を利《き》くのは初めて、早川右京亮でござる」

「山岡庄一郎と申す。ゆっくりと話したいことがある、といわれたそうだが、どんなお話かな」

「悪い噂を聞いたので、つたえておこう、とおもい、やって来ました」

「悪い噂？」

「気を悪くしないでいただきたい。旗本仲間として、心配のあまり、無礼を承知で訪ねて来たのですよ」

「悪い噂とやら、聞かせていただきたい」

「実は、山岡殿が辻斬りをしている、という噂が耳に入ってきたのです」

「何っ、辻斬りだと」

隣室から、擦れるような物音がした。片膝でも立てたのだろう。

隣との仕切りの襖を、右京亮が振り向いた。

「隣室に、家臣を忍ばせておいでのようだな。用心のいいことだ。常に戦場に在り、との気持を忘れてはならぬ、と亡き父から口うるさくいわれてきましたが、どうも私は、根っからの怠け者でしてな、いつも油断している。どうも、いかん」

しきりに首を捻っていたが、うむ、と大きくうなずいて、ことばを重ねた。

「話は終わりました。引き上げさせていただく」

脇に置いた大刀に、右京亮が手をのばした。

立ち上がった右京亮を、山岡が凝然と見据えている。

下谷と谷中の自身番に、中島が片っ端から顔を出している。作次郎は、ほどよい間をとって尾行していた。中島は、作次郎がつけていることに気づいていない様子だった。

すすみながら中島は、時折、足を止めて、何やら聞き込みをかけている。

聞き込みのなかみを知りたいとの衝動に、作次郎は駆られていた。

が、その衝動を、懸命におさえた。下手に動いて、もし、聞き込みをかけた男が中島の知り合いだったら、作次郎のことを中島に知らせるだろう。

中島は八丁堀の同心、探索には慣れた男だ。おれは、素人に等しい。慎重にいかねばならぬ。そう、こころに言い聞かせながら、作次郎は中島をつけつづけた。


前を行く権造たちは、下谷にある自身番を二ヶ所まわった。いずれも小半刻ほどで出てきている。伊三郎と亀吉は、つかず離れず、尾行しつづけていた。

通りの両側にある蕎麦屋だけではない。権造や仙太、諸吉たちは、まだ店開き前の居酒屋に片っ端から入り込んで、聞き込みをかけている。

聞き込みをかけた蕎麦屋に入って、蕎麦の注文にかこつけて、権造たちが何を訊いたか調べようと考えたが、それでは権造たちを見失ってしまう恐れがある。

結局のところ、つけまわすしか手がない伊三郎と亀吉であった。

小野照崎《おのてるさき》神社近くの茶店に入っていった権造たちが、茶店の親父と出てきた。笑い合っているところをみると、親しい仲かもしれない。

ところが、権造たちが去っていくのを見届けた親父が奥へ入っていって、瓶を抱いて出てきたかとおもうと、瓶のなかに手を入れ、何やらひとつかみして、権造たちの去ったほうに向かって投げた。

白い粉のようなものが飛び散ったところをみると、どうやら塩らしい。

おもわず、にやりとして、伊三郎と亀吉が顔を見合わせた。

「あの茶店の親父に訊いたら、権造たちにどんなことを訊かれたか、すぐに教えてくれるだろうが、張りついて動きを見張るだけでいい、と殿さまからいわれている。見失わないうちに、後を追おうぜ」

歩きだした伊三郎に、亀吉がつづいた。

表門の潜り門から出た右京亮は、ゆったりとした足取りで歩いていく。右京亮は、引き上げたとみせかけて歩きまわり、つけてくる者がいなければ、今一度、山岡の屋敷へもどって張り込むつもりでいる。

揺さぶりをかけるつもりで乗り込んだ山岡の屋敷であった。

隣の座敷に家臣たちを忍ばせた山岡の用心ぶりは、顔を合わせたことのない相手とはいえ、訪ねてきた旗本仲間と話し合う態度ではなかった。佐竹精蔵と名乗った家臣は、おそらく、右京亮の剣の腕前を探るべく、案内役を買って出たのであろう。

屋敷の塀が切れたところを通り過ぎてから、つけてくる者の気配を感じた。

気配からして、数人ほどか。右京亮は、そう推測した。

神田川に出て、川沿いに柳原《やなぎわら》通り、筋違《すじかい》通りとすすみ、両国広小路へ出て、柳橋を渡る。

行きつけの船宿、清流は柳橋の近くであった。右京亮は、清流に上がり込み、尾行してきた者たちの動きをみよう、と腹をくくっている。

清流の表戸を開けて、右京亮が声をかけた。

奥から出てきた女将に、

「わけありでな、表の通りが見える二階の座敷を使わせてくれ。夕餉を食いたい。うまいものを適当に見繕《みつくろ》ってくれ」

「お殿さま、うちの料理は、みんな美味しいですよ」

「そうだったな。うまいなかでも、特にうまい菜を頼む。このところ、うまいものを食ってない。うまいものに飢えているんだ。勝手に上がらせてもらうよ」

階段を上り始めた右京亮に、

「すぐお茶をお持ちします」

女将が声をかけた。

座敷に入った右京亮は、窓際に坐った。

窓障子を細めに開ける。

清流の表を見張ることのできる河岸道《かしみち》に、三人の武士が立っていた。小袖に袴の出で立ちだったが、月代の手入れは行きとどいている。

ぶらり、と町へ遊びに出た、宮仕えの武士。それが、三人にたいする右京亮の見立てだった。つけてきた場所からみて、山岡庄一郎の家臣以外の何者でもなかった。

辻斬りをしているとの噂がある、と知らせに来た右京亮をつけさせる。自分から、臑に傷持つ身であることを白状しているようなものではないか。右京亮は、山岡の迂闊さに、呆れ返った。

が、その迂闊さ、思慮の足りなさが新たな騒動を生み出すかもしれぬ、とのおもいが頭をもたげてくる。

決着を急がねばならぬ。いい策はないか。うむ、と唸った右京亮は、一気に思案の淵に沈み込んでいった。

五

その頃、北町奉行所の玄関脇にある使者の間で、松崎勇三郎が意外な人物と向かい合って座していた。

意外な人物、それは、旗本、山岡庄一郎の家臣にして剣術指南役の佐竹精蔵であった。

「拙者が引き上げた後、御奉行がやって来た。それが、どんな意味をもつのか、佐竹殿にも、じっくりと考えていただきたい」

正面から見据えて、松崎が告げた。

「口とは裏腹、奉行は、相次ぐ辻斬りは殿の仕業と推断して、揺さぶりをかけるために乗り込んできた。殿も拙者も、そう考えている。奉行に尾行をつけたのもそのためだ」

応じた佐竹に、呆れ返った松崎が、

「御奉行をつけるなど、それこそ、とんでもないしくじり。自ら、辻斬りの噂は、事実だ、といっているようなもの。おそらく、御奉行は、かけた揺さぶりにたいする明確な答え、と判じておられるはず」

「追及をそらすにはどうしたらいいか、松崎殿に訊いてまいれ、さらに、いま陥っている窮地を逃れる手助けをしてもらいたい、相応の謝礼はする、との殿のおことばだ。このこと、引き受けてもらえぬか」

「これから先、末永く付き合っていただけるのであれば、助力いたしましょう。今回だけのこと、ということならお断りするしかありませぬな」

「約束する、末永い付き合いをな。これは、殿からの志だ」

懐から折りたたんだ袱紗をとりだした佐竹が、松崎の前に置いた。

袱紗を開く。

包まれていたのは、封印付きの小判だった。

じろり、と見やった松崎が訊いた。

「これは」

「二十五両、当座のかかりに入り用であろう、足りなくなったら、申し入れてくれ、との殿のおことばだ」

「ありがたく頂戴いたす」

手をのばした松崎が、袱紗ごと小判を懐に入れた。

「お引き受けいただいた。そう考えてよいのだな」

問いかけた佐竹に松崎が応じた。

「お任せください。まず、やるべきは、口を割りそうな証人を消すこと」

「証人を消す？　まさか」

「その、まさかですよ。最初に消すのは山城屋の惣吉、次いで仕掛けるのは常造と嘉兵衛」

「それは、ちと乱暴では」

「乱暴？　主家やわが身を守るのに手立てを選べる有り様ではないとおもいますが」

「たしかに。では、いつ、どのような手立てで」

「今夜。辻斬りの仕業とみせかけて三人を始末します」

「今夜」

おもわず息を呑んだ佐竹を、

「明日になれば、御奉行が新たな動きをすると考えるべきではありませぬか」

凝然と松崎が見据え、ことばを重ねた。

「人手が足りませぬ。佐竹殿にも手伝っていただきます。よろしいですな」

「仕方あるまい。松崎殿の指図にしたがおう」

「同心の中島がもどっているはず。呼んできます。三人で段取りを話し合いましょう」

大刀を手にして、松崎が立ち上がった。

寛永寺の境内沿いに、上野山下から車坂町《くるまざかまち》へ向かってやって来た駒形の市蔵は、足を止めて首を傾げた。

先を行く、町家の壁沿いに歩を運ぶ、着流し巻羽織の同心の後ろ姿に見覚えがあったからだ。

さらに気になることがあった。

同心は、明らかに着流しの武士と町人のふたり連れをつけていた。同心と市蔵の間には、着流しの編笠をかぶった武士が歩いていく。近くの岡場所へ遊びに来た忍び姿の武士ともえた。のんびりした足取りで、その武士は歩いていく。

黒門町界隈へ足をのばして、聞き込みをつづけていた市蔵は、このあたりには辻斬りの手がかりはない、と判断して引き上げるところだった。

駒形へ向かおうと歩き出した市蔵だったが、町家づたいにすすんでいく同心の後ろ姿を見かけ、みょうに引っかかるものを感じてつけてきたのだった。

養玉院に突き当たった同心のつけているふたり連れは左へ折れ、さらに突き当たりを右へ曲がった。ひとつめの丁字路を左へ折れる。

当然のことながら同心も、同じ道筋をたどっていく。不思議なのは、編笠の武士も、同心につきあうように左へ曲がったことだった。

同じ方向に住まいがあるかもしれない。そうおもいながら、市蔵は後をつけつづけた。

突き当たりの要伝寺《ようでんじ》の門前を左へ折れ道なりにすすむと、右手に田畑の広がる一帯に出る。同心が、そのあたりにさしかかったとおもわれるときに、異変は起こった。

突然、ふたりの、ただならぬ呻き声が相次いで上がったのだ。

断末魔の呻き声。そう断じた市蔵が走り出した。

その瞬間……。

背後から駆け寄る足音がした。

振り返った市蔵の眼に、大刀を抜き放ち、駆け寄る八双に構えた武士の姿が飛び込んできた。

武士が大刀を振り下ろすのと、市蔵が横に転がって逃れるのが、まさに紙一重の差だった。

さすがに市蔵だった。転がりながら、市蔵は縄を投じていた。

投げた縄は、大刀を持った武士の手に巻きついていた。縄の先端には、重し代わりの分銅がついている。市蔵が渾身の力を込めて、縄を引いた。

張った縄を、武士が大刀で断ち切った。

切り放たれた縄の一端を握りしめたまま、市蔵が転がった。

眼を向けると、武士は呻き声がしたほうへ走り去っていた。

起き上がった市蔵が、追って走った。

道なりにすすむと、盛り上がった塊が見えた。

駆け寄った市蔵の足が止まる。

塊は、同心だった。

周囲に警戒の眼を走らせた市蔵が、ゆっくりと歩み寄った。

同心を覗き込む。後ろから斬られたのか、肩から背中にかけて断ち割られていた。溢れんばかりに血が出ている。

驚愕が、市蔵を襲った。

「大介さん」

声を上げた市蔵が歩み寄り、大介を抱き起こした。大介は大刀を抜いていなかった。血が小袖に染みるのもかまわず、市蔵は大介を抱きしめ、揺すった。

「大介さん、しっかりしなせえ。あっしだ、駒形の市蔵だ」

揺すられたことで、大介の眼が微かに瞬《またた》いた。

「大介さん、誰にやられたんでえ。何か、いいたいことは」

呼びかけた市蔵に、薄めに眼を開いた大介が、

「斬られ、た、町、人が。ま、つ」

そこまでだった。市蔵の腕のなかの、大介の躰から急速に力が失われていった。がっくり、と大介の首が落ちた。

「大介さん。なんてこった、大介さんまで、こんな事になるなんて。お奉行さまのいうことを、なんで聞いてくれなかったんだ」

強く大介の躰を抱きしめた市蔵の脳裏に、幼い大介を肩車した植村潤之助の姿が浮かんだ。子供のときから、成長していく大介の姿が走馬燈のように浮かんで、廻った。

市蔵は、大介を抱きしめたまま、目線を泳がせた。それまで気づかなかったが、十数歩先の田畑に、頭から突っ込むようにして町人が俯していた。


その頃、伊三郎の住まいでは、やってきた右京亮と向き合って、半円を組むように伝吉、伊三郎、亀吉、金平、作次郎が坐っていた。

一同を見渡して、右京亮がいった。

「中島も、権造たちも、示し合わせたように暮六つの時の鐘が鳴ったら、引き上げたとい

うのか、早仕舞いしたもんだな」

笑みをたたえて伝吉が応じた。

「おかげで、山城屋の近所で聞き込みができやした。松崎と一緒に動いていた男は、やはり番頭で、名は惣吉。刀剣屋の番頭にしては博奕好きで、そのせいか、あちこちに借金があって、やくざが取り立てにくるほどだったそうで」

「常造や嘉兵衛とは借金つながりか。それにしても刀剣屋の山城屋は、そんなだらしない男を、よく雇いつづけていたな。山城屋といや、多くの大名や旗本の屋敷に出入りしている刀剣屋なのだが」

「惣吉は、山城屋の主人も一目おくほどの刀の目利きだそうで」

「そういうことなら、わからぬでもないが。しかし、何かあったら店の信用に関わるであろうに。惣吉に弱味でも握られているのかな、主人は」

「そんな噂もあるようで。惣吉は、松崎とわかれた後は、まっすぐ店にもどって働いておりやした。博奕好きだということをのぞいては、よく働く奉公人だと、いう者もおりやす」

目線を伝吉と作次郎に向けて、右京亮が告げた。

「明日から探索の動きを変える。伝吉と作次郎は、山岡と深谷の屋敷の周りの様子を探ってくれ、忍び込みやすいところ、見張りに適した場所などの当たりをつけるのだ。近いうちに盗みに入ってもらうことになる」

眼を向けて、ことばを重ねた。

「伊三郎と亀吉は手分けして、常造と嘉兵衛を張り込んでくれ」

「わかりやした」

応じた伊三郎に亀吉が問いかけた。

「あっしは、どっちを見張りましょう」

「どちらでも、いいほうを選びな」

「じゃ、常造にします」

「よし、決まった。おれは嘉兵衛だ。殿さま、そういうことで」

顔を向けた伊三郎に、右京亮が無言でうなずいた。


その頃、嘉兵衛と常造が、権造、仙太と諸吉と肩をならべて正法寺橋を渡っていた。

歩きながら嘉兵衛が権造に話しかけた。

「松崎の旦那が、今夜の内に話したい、新鳥越町に行きつけの店があるからきてくれと仰有るからには、それなりの話があるんだろうね。酒のお相手だけだったら勘弁してもらいたいというのが、本当のところなんだよ」

「今日、松崎の旦那が、旗本衆のところへ強談判に行かれた。そのことについて話があるんじゃねえのかい」

正法寺橋の先は、左手に田畑の広がる一帯となる。まわりには、人の姿はなかった。

「仙太、諸吉、そろそろだ」

声をかけた権造に、無言で仙太と諸吉が顎を引いた。

権造が嘉兵衛を、仙太と諸吉が常造を、いきなり、突き飛ばした。

田畑に潜んでいたのか、突然、姿を現した黒い影が、立ち上がりざま大刀を抜き放った。つんのめった嘉兵衛と常造に斬りつける。

首の根元を斬られた嘉兵衛と常造が、大きく呻いた。血を噴き上げながら、ふたりが、田畑に俯せに倒れこんだ。

ふたりの背に、ほとんど同時に、止めの突きを入れたのは、松崎と中島だった。

松崎が、振り向いて、背後に立つ黒い影に告げた。

「見届けられたな、佐竹殿。すべて辻斬りの仕業でござる。殿様に、のちほど、始末賃を受け取りにうかがう、とおつたえくだされ」

「承知した。鮮やかな手並みに驚嘆したとも、つたえておきましょう」

「そのあたりのこと、おまかせいたす」

酷薄な笑みを浮かべて、松崎が応じた。


翌朝、北町奉行所の奉行役宅の奥庭では、登城前の右京亮が、地面に片膝をついた市蔵と向き合っていた。右京亮の傍らには三好が、市蔵の背後にはお仲と竹吉が控えている。

「昨夜、植村大介が何者かに斬られたというのか」

「騙し討ち同然に、背後から襲われ、背中を斬り裂かれておりました」

訊いた右京亮に市蔵が応えた。

「大介は大刀を抜いていたのか」

「それが」

言いよどんだ市蔵に右京亮が、

「そのこと、口外してはならぬ。大介は、大刀を抜いていた、そういうことにしておこう。見習い同心とはいえ、武士としての面目《めんぼく》もある」

「お奉行さまのお心遣い、ありがとうございやす。これで、大介さんの武士としての面目も保てます」

「話は、それだけか」

「大介さんの近くに町人の骸が転がっておりました。あっしが大介さんを見かけたのは黒門町で」

「黒門町だと。その町人の骸、いま、どこにある」

黒門町という一言が右京亮に、骸は山城屋の惣吉ではないか、との疑念を抱かせた。

「大介さんの骸と一緒に、自身番に置いてありやす」

「下城したら、その骸をあらためる。案内してくれ」

「わかりやした。それから、もうひとつ」

「何だ」

「大介さんの呻き声を聞きつけ、声のしたほうに向かったあっしに、突然、背後から駆け寄って、斬りつけてきた武士がおりやす。その武士の人相が、お仲に斬りつけた武士に似ているんで」

「まことか」

横からお仲が声を上げた。

「お父っつぁんから聞いた武士の人相と、あたしに斬りかかってきた武士が、よく似ているんです」

「あっしの見立てなんで、間違ってるかもしれませんが、あの武士の太刀筋からみて、一刀流の使い手じゃねえかと」

「一刀流だと」

右京亮の脳裏に、山岡庄一郎の家臣で剣術指南役でもある佐竹精蔵の顔が浮かんだ。

「こころ当たりがおありですか」

脇から三好が声をかけてきた。

「いや、確たるものではない」

応えた右京亮が声をかけた。

「ご苦労だった。下城するまで間がある。せわしないだろうが、植村大介の弔いの手配りをしてくれ。大刀は、人目につかぬところで岩にでも斬りつけて、刃こぼれをつくっておいてくれ。大介の刀をあらためる酔狂者が現れるかもしれぬ」

「わかりやした。抜かりなく手配りいたしやす」

眼を光らせて、市蔵が応えた。


ほどなく四つ（午前十時）になろうという頃、嘉兵衛を張り込む伊三郎のところに、血相変えた亀吉がやって来た。

「どうした」

「どうもこうもありやせんや。昨夜、出かけたきり常造が帰ってきていないようなんで」

「嘉兵衛も、昨夜からもどってないようだぜ。奉公人が、しきりに外へ出てきて、人待ち顔で、しばらく立ちつくしている有様だ」

「常造のところも似たようなもので」

「岡場所で好みの女が相方《あいかた》について、泊まり込んだんじゃねえかと、気楽に考えていたんだが、ふたり揃って住まいにもどっていないとなると、これは、ちょいと変だぜ」

「まさか殺されたんじゃねえでしょうね」

「それはねえとおもうが、昼まで様子をみよう。おめえは、常造のところにもどりな。昼になったら、おれがそっちへ行く」

「わかりやした」

緊張した面持ちで亀吉がうなずいた。


下城した右京亮を出迎えた三好が、小声で話しかけてきた。

「さきほど伊三郎が顔を出しまして、常造と嘉兵衛と申す者が、昨夜から住まいへもどっていない、と殿につたえてくれ、といい、すぐに引き上げていきました」

「常造と嘉兵衛が」

眉をひそめた右京亮に、三好が問うた。

「常造と嘉兵衛といえば、辻斬りにやられた連中に金を貸していた高利貸し。人に恨みを買う稼業、誰かに襲われたのではないですか」

「そうかもしれぬ。三好、市蔵たちと向かう骸あらためのために同行してくれ。自身番から、そのまま動いてもらわねばならぬことが生じるかもしれぬ」

「承知しました。市蔵たちが待っております。急いで着替えていただきましょう。支度はできております」

「いつもは、のんびりしている三好が、今日は、いやに手回しがいいな。いつも、その調子で頼むぞ」

「いつも、この調子でやっております。私は、その時々の、殿の気分に合わせているだけで。さっ、急いでくだされ」

背中を押すような口調でいい、三好が先に立って歩き出した。

苦笑いして、右京亮がつづいた。

すでに自身番から植村大介の骸は、八丁堀の屋敷へ運び出されていた。残された町人の骸を右京亮があらためている。背後には三好や市蔵、お仲と竹吉が控えている。

骸は山城屋の番頭、惣吉であった。

背中から胸へ向かって一突きされている。傷跡の大きさからみて、脇差を使ったのだろう。近くにいた者の仕業、と右京亮は推断した。

「おれの見知った顔だ。刀剣屋の山城屋の番頭で、名は惣吉。松崎といるところを見かけたことがある」

驚愕を顔に浮かせて市蔵が声を上げた。

「そういえば、大介さんが事切れる前、斬られた町人が、といい、ま、つ、と譫言《うわごと》のようにつづけられたが。まさか松崎といおうとしたのでは」

「そうかもしれぬ。が、確たる証がなければ、そうとはいいきれぬ」

ことばとは裏腹、胸中で右京亮は、松崎が口封じのため惣吉を殺したのではないか、と推量していた。

つづけて発したことばは、口にした右京亮も、予期せぬものであった。

「三好と市蔵、お仲と竹吉は、ふたり一組となり、高利貸しの常造と嘉兵衛に直接、聞き込みをかけろ。留守だったら近くにある自身番をあたれ、ひょっとしたら、ふたりとも骸になっているかもしれぬ」

驚愕した三好が、声を上げた。

「御奉行は、ふたりが殺されていると」

「惣吉、常造、嘉兵衛が死ぬと誰が得をするか考えてみる必要がある。常造、嘉兵衛の住まいに誰が足繁く顔を出していたか、調べれば、おもわぬ人物の名が出てくるかもしれぬ。ふたりが骸になっていたら、探索の手立ては変わるということだ」

無言で、四人が顔を見合わせた。

「探索に散ってくれ。おれは、暮六つには奉行所にもどる」

一同が無言でうなずいた。


自身番を出た右京亮は表猿楽町へ向かった。袂には、千代田城の文書蔵から持ち出してきた深谷助太夫と山岡庄一郎の屋敷の絵図面が入れてある。

江戸の大名や旗本の屋敷は、すべて幕府から貸し与えられたものであった。公儀の文書蔵には、建て替えなど管理のために、それらの屋敷の、すべての絵図面が保管されていた。

今朝方、登城した右京亮は文書蔵へ出向き、二家の絵図面を持ち出してきたのだった。

表猿楽町の深谷助太夫の屋敷のまわりには、伝吉と樋口作次郎の姿は見あたらなかった。

小川町雉子橋通りの山岡庄一郎の屋敷のまわりを行く右京亮に歩み寄る足音がした。

振り向くと、近寄ってくる伝吉と作次郎がいた。

「旦那、深谷の屋敷も、ここも忍び込みやすい造りですぜ」

笑いかけた伝吉に、

「深谷と山岡の屋敷の絵図面を、公儀の文書蔵から無断で持ち出してきた。袂に入っている。いずれ返さねばならぬが、半月ほど借りていても問題にならぬだろう。写すも、頭に叩き込むも、伝吉にまかせる」

「もう用事はすみやした。伊三郎のところへ行って、そこで絵図面を受け取りやしょう」

応えた伝吉に、右京亮が告げた。

「山城屋の惣吉が殺された。いま、自身番で骸あらためをしてきたところだ」

「惣吉が」

「常造と嘉兵衛も、昨夜、出たきり、今日の昼過ぎになっても住まいにもどっていないと、伊三郎が三好に知らせてきた」

脇から作次郎が訊いてきた。

「常造も、嘉兵衛も殺されたのでは」

「そのこと、骸あらためのために同行してきた三好や市蔵、お仲たちに自身番を虱潰しに当たるよう指図してある。今日のうちには、わかるはずだ」

「もし常造や嘉兵衛まで殺されたとなると、証人の口を封じるために、辻斬りの下手人一味が仕組んだことかもしれやせんね」

声を上げた伝吉に、

「立ち話は目立つ。歩きながら話そう」

歩き出した右京亮に、作次郎と伝吉がつづいた。


二手に分かれて、常造と嘉兵衛の住まいに聞き込みをかけた三好と市蔵、お仲と竹吉の四人は、自身番を出るときに、聞き込みをかけたら一度、結果を知らせ合おう、と段取ったとおり、山谷堀に架かる今戸橋の上で落ち合った。

訪ねた常造も嘉兵衛も、住まいにはもどっていなかった。応対に出た、嘉兵衛の住まいに住み込む奉公人は、

「大橋の権造親分が迎えに来られたんで、出かけました」

といい、常造のところの、住み込みの奉公人も、

「大橋の権造親分のところの仙太さんと諸吉さんが迎えに来て、出かけました」

と応えた。

ふたりとも大橋の権造と、その下っ引きに呼び出されて出かけている。大橋の権造は同

心、中島盛助の使っている岡っ引きであり、中島盛助は与力、松崎勇三郎の配下であった。

「大介さんが口にした、ま、つ、ということばは、松崎というつもりが、力尽きて、途中で途切れたとしかおもえねえ。そうおもいませんか、三好さま」

問いかけられた三好も、きっぱりと言い切った。

「おれも、そうおもう」

「あたしも、お父っつぁんのいうとおりだとおもうよ」

口をはさんで、お仲が眼を光らせた。竹吉も、うなずく。

一同を見渡して三好がいった。

「御奉行からの指図に逆らうようだが、これからは四人、一緒に動かぬか。これから虱潰しにのぞいていく自身番に常造と嘉兵衛の骸が運びこまれていたら、大橋の権造と仙太、諸吉の三人を奉行所へ連れて行かねばなるまい。どうだ」

「そうしやしょう。権造のことだ。奉行所へ行くのを拒んで、一暴れするかもしれねえ」

応じた市蔵に、三好が告げた。

「話は決まった。出かけよう」

一同が無言で顎を引いた。

山谷橋《さんやばし》から目と鼻の先の、新鳥越町一丁目の自身番に、常造と嘉兵衛の骸は運び込まれていた。虱潰しに当たるつもりでいた三好たちは、二軒目の自身番で骸を見つけだしたことで、いささか拍子抜けしたような気分に陥っていた。

お仲と竹吉は常造と嘉兵衛の顔を、よく見知っていた。辻斬りにやられた町人たちの探索をつづけるさなかに、何度も見た顔であった。

「この骸、拙者が声をかけるまで、自身番に留め置いておけ」

店番にそう命じて三好が、自身番を出た。市蔵たちがつづいた。

行く先は、大橋の権造の住まいと決まっていた。

住まいには、大橋の権造たちの姿はなかった。

「帰ってくるまで待つか、それとも、奉行所へ引き上げ、手勢を手配して、繰り込んでくるか、迷うところだな」

顔を向けた三好の眼が、市蔵に、最善の策はないか、と問いかけていた。

「お奉行さまなら、きっとこう仰有います。いったん奉行所に引き上げて、おれの指図を待て、とね」

応えた市蔵に、

「そうかもしれぬ。引き上げて、御奉行の指図を待とう」

それまでの張り切りようが嘘のように、三好は、あっさりと権造の捕縛を取りやめた。

「行きやすか」

声をかけて市蔵が歩き出した。三好が、お仲たちが、市蔵にならった。


住まいの表戸を開けて右京亮が声をかけると、伊三郎が出てきた。

「何をやっていいか、咄嗟におもいつかなかったんで、ずる休みを決め込んでおりやした」

申し分けなさそうに伊三郎が頭を下げた。

「このところ休みなく働いている。ゆっくり休め」

そういって座敷に入った右京亮は、向かい合って坐った伝吉に、

「これを渡しておく」

と、左右の袂から、折りたたんだ絵図面を一枚ずつ取り出し、伝吉に手渡した。

絵図面を受け取った伝吉は、見ようともせず、大事そうに懐にしまい込んだ。

じっと右京亮を見つめた伝吉が、

「明日の夜に忍び込んでも、自由に歩きまわれるよう絵図面を見て、屋敷の間取を頭に叩

き込んでおきたいんで、できれば、ひとりにしてもらいてえ。これから、回向院裏の作次郎さんの修行場へ引き上げやす」

といいだした。右京亮に否やはなかった。

「それでは、おれたちも引き上げるか」

と三人揃って、伊三郎たちの住まいを出た。

表戸の前で、伝吉と分かれた右京亮は、作次郎とともに北町奉行所へ向かった。住まいにもどっていない常造と嘉兵衛のことで、知らせがあるかもしれない。そんなおもいが右京亮にあった。

北町奉行所に帰った右京亮を、役宅の用部屋で、三好や市蔵、お仲たちが待っていた。

「樋口殿も一緒か」

途惑った様子をみせた三好に、右京亮が告げた。

「かまわぬ。作次郎には、手に余る捕物のときは手伝ってもらうつもりでいる。おれが私的に雇い入れた、奉行所の客分だとおもえ」

「そういうことなら、気遣いはいたしませぬ。御奉行、常造と嘉兵衛の骸を新鳥越町一丁目の自身番で見つけましたぞ。正法寺橋近くの田畑で息絶えているのを魚市場へ仕入れに出かける棒手振りの魚屋が見つけて、自身番へ届け出てきたと店番がいっておりました」

「やはり殺されていたか」

独り言のような右京亮のつぶやきだった。

「嘉兵衛は大橋の権造が、常造は下っ引きの仙太と諸吉が迎えに来たので、出かけたと住み込みの奉公人たちから聞き込みました。一度は、大橋の権造を捕らえて、責めにかけようとおもい住まいへ行きましたが、不在のため果たせず、引き上げてまいりました」

「それで、よかったのだ」

応えた右京亮に、おもわず三好が渋面をつくって、頭をかいた。

「どうした、三好」

「いや、実は、いったん奉行所へ引き上げて、御奉行の指図を待つべきだといったのは市蔵でして」

「三好さま、そんなこたあ、どうだっていいことで、いま、こうしてお奉行さまのお指図を受けてるんだから」

「それはそうだが、しかし、おれは、実は、あのとき迷っていたのだ。どうも、いつも、こうだ。おれは迷いが多すぎる」

首を捻った三好に右京亮がいった。

「気にするな。ところで、おれに策がある」

「どんな策で」

訊いた三好に、

「銭を武器に商いをするものは、たいがい裏帳面をつけている。嘉兵衛も常造も高利貸しだ。表に出せない儲けもたくさんあるはず。御上の手が入ったときに見せる帳面と、嘘偽りのない金の流れを記した裏帳面を必ずつけているはずだ。津田もつけている。そのこと、三好も知っておろう」

「そのこと、津田様からも、話を聞いたことがあります」

「勘定方の同心たちを総動員し、家捜しする小者たちと合わせて、それぞれ二十人ほどの組を二組、組織し、さも大事の捕物のように、嘉兵衛と常造のところへ繰り込むのだ。一組は三好が、一組は、おれと市蔵が指図する。出役の手配にかかれ」

「直ちに」

頭を下げた三好が、跳ねるように立ち上がった。


北町奉行所から出役する右京亮に率いられた一群を、外壁に身を寄せて見つめているふたりがいた。松崎と中島であった。

「ふたりの高利貸しの裏帳面を家捜しして見つけだせ、との御奉行の下知だと、出役に加わった勘定方の同心がいっておりました。嘉兵衛と常造のところへ向かったのでは」

うわずった声で中島が訊いた。

「おそらく、そうだろう。それより、昨夜、ふたりを迎えに行った権造と仙太、諸吉のことを、住み込みの奉公人たちは御奉行や三好に話すに違いない。権造たちが取り調べを受ける羽目に陥ったら、おれたちはどうなる」

「権造はともかく、仙太と諸吉は、知っているかぎりのことを喋りまくるでしょうな」

「始末せねばならぬな。口を封じるのだ、権造ともどもな」

「しかし、権造たちを殺しても、嘉兵衛と常造の裏帳面には、松崎様と私に渡った金のことが記してあるはず。知らぬ存ぜぬ、といい抜けられるかどうか」

「権造たちが、おれたちの名を使ったといいつのるのだ。われらに非はない。悪い岡っ引きと関わりを持った。本性を見抜けなかった不明は認めるが、すべて、われらの知らぬことと、濡れ衣だと、あくまでいいつづけるのだ」

「うまくいい抜けられるでしょうか」

「わが身が大事なら、どんなおもいをしてもいい抜けるのだ。それができぬときは、身の破滅よ」

陰惨な笑いを松崎が浮かべた。

「やるしか、ありませぬな」

溜息混じりに、中島がいった。

「行くぞ」

声をかけた松崎に、中島が無言でうなずいた。

「急ぎの用が出来た、すぐもどる、と市蔵らを欺き、抜けてきた甲斐がありましたな」

「おれが、裏帳面の探索は、端《はな》から三好と市蔵にまかせるつもりでいた、とは悪知恵に長けた松崎も見抜けなかったとみえる」

「やはりきたぞ」

町家の外壁に身を寄せて、権造の住まいを張り込んでいるのは右京亮と樋口作次郎であった。

住まいの表戸を開けて、松崎たちが入っていく。

見届けた右京亮と作次郎が、刀の鯉口を切りながら、権造の住まいへ向かって走っていく。

ふたりが表戸の前に立ったとき、なかから、相次いでくぐもった声が聞こえた。

大刀を抜き連れた右京亮と作次郎が、表戸を開けて、飛び込んだ。

奥の座敷に血刀を下げた松崎と中島が立っている。足下に斬られて血まみれとなった権造と仙太、諸吉が横たわっている。

物音に気づいた松崎と中島が振り向いた。

「一太刀で仕留めたか。見事なものだ」

声をかけた右京亮に、

「おのれ、罠を仕掛けたな」

吠えた松崎が斬りかかった。

悲鳴に似た声を発して、中島が作次郎に斬りかかる。

右京亮と作次郎が、わずかに壁際に身を躱して、刃《やいば》をあわすことなく、ともに袈裟懸けに松崎と中島を斬り捨てていた。

折り重なるように、松崎と中島が倒れ込んだ。

「引き上げる」

「甚助一家と貞六一家も始末せねばなりませぬな」

「雇い主たちが死んでいる。頼まれたから悪さをしていたのだ。しばらくは様子をみよう。悪事を働いたら奉行所で始末をつけられる輩、その気になれば、いつでも処罰できる」

無言で作次郎が顎を引いた。

油断なく松崎と中島に眼を注ぎながら、右京亮と作次郎が後退っていく。

万が一、死力を振りしぼった松崎と中島が大刀を投げつけても、届かぬ間を置いたところで、右京亮と作次郎は踵を返した。

背中を向けて、立ち去っていく。


常造の住まいに右京亮と作次郎がやってきたときには、探索も終わりに近づいていた。

裏帳面は、常造の居間の、床の間の畳の下に隠されていた。

借金の証文など、ありとあらゆる書付と帳面を風呂敷に包み込み、右京亮たちは奉行所に引き上げてきた。

嘉兵衛の住まいの探索を受け持った三好たちは、嘉兵衛の寝間の押し入れの床の、二重底の仕掛けに隠してあった裏帳面を見つけだし、証文や帳面の一切を押収して奉行所にもどってきた。

夜を徹して右京亮、三好、市蔵、お仲、勘定方の同心たちは、裏帳面や証文、ほかの帳面などを調べつづけた。

高利貸しの嘉兵衛と常造の裏帳面には、松崎や中島、権造に渡した裏金のほか、御法度を犯して不当に取り立てた利子など、ありとあらゆることが記されていた。

入金した金高だけ記されている部分が三ヶ所あった。いずれも多額の入金だった。その入金が意味するものが何か、皆目、見当がつかなかった。

ふたりの旗本と嘉兵衛、常造、松崎、中島、権造たちとつながる記述はどこにもなかった。

が、松崎が惣吉とともに、深谷助太夫と山岡庄一郎の屋敷を訪ねたところを、伝吉は見ている。

証を見いだせぬ以上、深谷と山岡を処断するわけにはいかなかった。

辻斬りは深谷と山岡の仕業に違いない。そう右京亮は断じている。が、ふたりが辻斬りであるとの証は、どこにも見あたらなかった。

一日も早く、伝吉に山岡と深谷の屋敷に忍び入ってもらい、辻斬りの証となる書付を盗み出してもらわなければならない。

このままでは、みすみす悪を見逃すことになる。右京亮は、口惜しさに、おもわず拳《こぶし》を、強く握りしめていた。

翌朝、権造たちを捕らえようと同心と小者、合わせて十数人からなる一群が、住まいへ押しかけた。

が、住まいに踏み込んだ同心たちは、驚愕に眼を見張った。

仲間割れでもしたのか、松崎、中島、権造に仙太、諸吉の骸が奥の座敷に転がっていた。

下城した右京亮は、役宅に泊まった作次郎とともに、回向院裏の作次郎の修行場へ向かった。

座敷に入ってきた右京亮の顔を見るなり、伝吉が話しかけてきた。

「深谷、山岡の両家とも似た造りの屋敷、今夜にでも忍び込めますぜ」

「まことか」

「両家つづけて、一夜のうちに忍び込みましょう。盗み出すのは証文だけ。お武家さんが大事な証文を隠す場所は、あっしより旦那のほうが見当がつきやしょう。できれば、そのあたりのところを教えていただきたいんで」

「武士は、意外と頭が固い。大事なものは寝間か居間の、手文庫のなかと相場が決まっている」

「それじゃあ寝間か居間に置いてある手文庫を盗んできやしょう。旦那と樋口さんに見張りを頼みやす」

不敵な笑みを伝吉が浮かべた。

「それでは、今夜、盗みに入ろう。おれに策がある。手文庫を盗み出した後に、おれが、したためる書付を残してくるのだ。作次郎、硯と筆、紙を用意してくれ」

「直ちに」

一隅に置かれた文机に向かって、右京亮が書き物をしている。背後に坐った伝吉と作次郎は、無言で書付が仕上がるのを待っていた。

一枚めを書き上げたらしく、右京亮が巻紙を裂いて切り離した。

「これでよかろう」

振り向いて伝吉に手渡した書付には、墨痕《ぼくこん》も鮮やかに、

〈盗み出した手文庫をかけて決闘いたしたく、浅茅ヶ原は鏡ヶ池近くにて、明晩四つ、待ち受け候。来られぬときは、入手せし、貴殿の犯した辻斬りの証拠を表沙汰にする所存。盗人奉行〉

との文字が躍っていた。

「旦那、決闘とはおだやかじゃありやせんね。命あっての物種だ」

心配そうな顔つきで、伝吉が話しかけた。

「相手は旗本、尋常なやり口では裁くことはできぬ。銭相場も、命をかける覚悟でやらねば、儲けることはできぬ。剣の道に志す作次郎も、いつ何時、真剣の勝負で命を落とすか

もしれぬ。悪党を退治すると決めたときから、命は捨てている」

「旦那」

「死ぬのは一度だ。死んだら、あの世とやらで、ゆっくり休める。もっとも地獄へ堕ちたら、鬼どもに責めさいなまれて、辛いめにあいつづけることになるかもしれぬがな」

笑みを浮かべた右京亮に伝吉が声を昂《たか》ぶらせた。

「旦那が地獄に行くことはありやせんや。閻魔さまだって、そのあたりはお見通しでさあ」

「伝吉、おめえはいい奴だな。浮世には善人の面をかぶった悪党どもが、あちこちで蠢いている。そいつらは、はっきりと悪人とわかる奴らより厄介な連中だ。おれは、善人面した悪党どもを片っ端から始末していきたいのだ、命がけでな」

「旦那、おめえさんて人は」

手の甲で伝吉が鼻をこすった。

「もう一通、書付をしたためる」

笑みをたたえて右京亮が文机に向かった。

厚い雲に夜空が覆われている。忍び込むには、もってこいの夜であった。

表猿楽町の深谷助太夫の屋敷の塀のそばに右京亮と作次郎の姿があった。作次郎は小脇に手文庫を抱えている。

屋敷のなかを振り向いて右京亮がつぶやいた。

「手間取っているようだな、伝吉の奴。山岡の屋敷では、小半刻ほどで手文庫を盗み出してきたが、もうそろそろ忍び込んで半刻近くになる」

「騒ぎが起きていません。見つかってはいないようで」

応えた作次郎が、眼を塀屋根に向けた。

「もどってきました」

声を上げたときは、黒い影は塀屋根から飛び降りていた。

小脇に抱えた手文庫のほかに、縄でくくりつけた手文庫を背負っている。黒い影とみえたのは、盗人被りに黒装束姿の伝吉だった。

盗人被りをとって伝吉がいった。

「深谷助太夫め、居間と寝間の二ヶ所に手文庫を置いていやがって、その分、手間取りやした。書付は寝間に残しておきやした」

小脇に抱えた手文庫を作次郎に渡した伝吉は、結びめをほどいて、背中の手文庫も作次郎に渡した。帯を解いた伝吉が、着物を裏返しにする。すると細かい縦縞《たてじま》、千筋《せんすじ》模様の小袖が現れた。

着替えて、これも裏返しにした帯を締め直した。作次郎から手文庫をひとつ受け取った伝吉が、

「これで、今夜のあっしのお勤めは終わりやした。引き上げますか」

「上々の首尾だ。これで、満天に星でもきらめいていたら、気分もよかろうに」

笑みを浮かべて右京亮がいった。

「そいつはまずいや。空いっぱいに星が輝いているなんざあ、盗人には鬼門の空模様ですぜ」

苦笑いして伝吉が応じた。

昨夜と違って、この夜は、雲ひとつない空に月輪が煌々《こうこう》と燦《きら》めき、存在を誇っていた。

浅茅ヶ原では。山岡庄一郎と深谷助太夫の率いる数十人の武士が、右京亮と樋口作次郎を取り囲んでいた。

憎悪を剝き出しにして、山岡と深谷が右京亮を睨みつけている。

「盗人奉行とは、やはり貴様か。手文庫は刀にかけて取り返す。早川右京亮、命はもらった」

吠えた山岡が、大刀を抜きはなった。佐竹精蔵たちも大刀を抜き連れる。

「早川、山師旗本は山師旗本らしく、銭相場で儲けた金を勘定していれば、命だけは失わずにすんだのだ。ここが、おまえの命の捨て場と知れ」

上段に構えた深谷助太夫を見て、右京亮がせせら笑った。

「みるからになまくらな構えだ。そんな業前で、辻斬りなど笑止千万。それでも直参旗本か。御先祖様の手柄だけにすがりついている禄盗人め、この世から失せたほうが、公儀のためになる」

「何、いわせておけば、かかれ」

わめいた深谷に呼応するかのように武士たちが斬りかかった。

鞘走らせた大刀で、右京亮は斬りかかってきたひとりの脇腹を斬り裂いていた。

居合い抜きの早業で、作次郎もまた、ひとりを斬り倒していた。

まさに寄らば斬るを画に描いたように、右京亮と作次郎は一太刀もあわすことなく、斬りかかる武士たちを次々斬り捨てていった。

近くの草むらに潜んで固唾を呑んで見つめている伊三郎、亀吉と金平がおもわず声を上げた。三人とも、腰に長脇差を帯びている。

「殿さまも、樋口さんも強い、強すぎらあ」

「まさしく、撫で斬りってやつですね」

「下手に手を出したら、かえって邪魔になるかもしれやせんね」

傍らで眼を凝らしていた伝吉が、金平のことばに応じた。

「よくわかってるじゃねえか、その通りだ。だから旦那や樋口さんが、ぎりぎりまで手を出すな、と仰有ってたのよ」

「ほんとに、よくわかりやした。腕が違いすぎまさあ」

絞り出すような亀吉の口調だった。

「うるせえな、静かにしねえか。殿さまと樋口さんが躰を張って、喧嘩の仕方を見せてくださってるんだ。眼ん玉を皿にして、戦い方を学ぶんだ、これも俠客の修行だぜ」

厳しい伊三郎の物言いに、無言で亀吉と金平が大きく顎を引いた。

斬り合いは、さらに激しさを増していた。

数十人はいた山岡と深谷の家臣たちは、すでに数人になっていた。袈裟懸けにひとりを斬って捨てた右京亮が声を上げた。

「作次郎、佐竹精蔵と立ち合え。残りは、おれひとりで十分だ。佐竹、腕に覚えがあるなら、樋口作次郎と勝負してみろ。勝負を受けぬは、卑怯者の証だ」

その呼びかけに、佐竹精蔵がすすみ出た。

「卑怯者よばわりは許さぬ。樋口作次郎、おれが佐竹精蔵だ。一刀流を使う。勝負」

青眼に構えた。

「一刀流、樋口作次郎」

応じた作次郎が青眼に大刀を置いた。

斬りかかろうとした武士を斬り捨て、右京亮が声を高めた。

「邪魔は許さぬ。斬る」

右八双に構えて右京亮が深谷と山岡をかばう武士たちに斬りかかっていった。

右へ左へと、右京亮が刀を振るうたびに、ひとり、またひとりと、武士たちが斬り倒されていった。

まさに鬼神。そうとしか見えぬ右京亮の戦いぶりだった。

すでに残るは山岡と深谷、ふたりだけになっていた。

「退治する」

一歩迫った右京亮に深谷と山岡が、悲鳴に似た声を上げて、左右から同時に斬りかかった。

わずかに身を引いて深谷を斬り捨てた右京亮が、山岡を見据えた。

鋭い眼光に、山岡がひるんだ。

「来るな。寄るでない」

叫びながら後退った山岡が、滅茶苦茶に刀を振り回す。

「地獄でわめけ」

声をかけた右京亮が、大上段から斬りかかった。

鋼をぶつけ合う、鈍い音が響いた。

真っ赤な血が飛び散る。

折れた刀身が、宙に飛んだ。

右京亮の振り下ろした大刀が、山岡の脳天を断ち割っていた。

頭頂から血を噴き上げながら、山岡が頽《くずお》れた。

倒れ伏した山岡から、右京亮が目線を移した。

右八双から大刀を振るった佐竹と、下段から逆袈裟に刀を振った作次郎の躰の位置が入れ替わった。

袖が切り落とされた左の二の腕を刀を持つ手で押さえて、作次郎が片膝をついた。

振り向いた佐竹精蔵が笑みを浮かべた。

薄ら笑いを浮かべたまま、佐竹が、躰を地面に打ちつけるように倒れ込んだ。

「見事」

声をかけた右京亮に、苦笑いを浮かべて作次郎が応えた。

翌日、澄み切った青空を切り裂くように、千代田城が威容を誇って聳《そび》え立っている。

白髪頭の幕閣の重臣が、控之間の戸障子を開けて覗き込んだ。

「ここにもおらぬ。北町奉行、早川右京亮は、いると茶坊主につたえたところに、常に見あたらぬ。所用があるたびに、いつも探し回らねばならぬ。困ったものだ。もう少し、裏金をはずんでもらわねば間尺にあわぬ」

戸障子を閉めて、ぶつぶついいながら重臣が廊下を歩き去っていく。

その頃、吹上《ふきあげ》の御庭の一角では、その場に不似合いな高鼾が響いていた。

柔らかな日差しが映える大木の根もとに、大の字になって横たわる、裃姿の武士がみえた。

高鼾の主は、その武士、早川右京亮であった。

眠っていても、いささか気が引けたか、高鼾は、やがて、穏やかな寝息へと変わっていった。

しばらくは目覚めそうもない右京亮を、日差しが温々《ぬくぬく》と包み込んでいる。

取材ノートから

吉田雄亮《よしだゆうすけ》

銭相場について『広辞苑』第二版補訂版で調べると、

【銭相場】金銀価と銭との比価。

とある。

江戸時代は金貨、銀貨、銭価の三価制度だった。

金貨の単位は、両、分《ぶ》、朱。四分で一両、四朱で一分といったように四進法で計算された。

銀貨は秤量《しょうりょう》、つまり重さで計算された。匁《もんめ》が単位で、丁銀。豆板銀があり、塊を切り離して使われることもあった。

銭価は文、貫が単位で、銭一貫が一千文、金一両が四貫、四千文、銀六十匁で、銀一貫は一千匁、一匁は十分（三両三分）というのが、三価の、基準とされた交換比率だった。

銭相場は金価、銀価と銭価の交換比率が、景気、地震、台風、洪水などの天災、飢饉など、その時々の景気や風潮などの影響を受けて生じた金貨、銀貨、銭価の需要と供給のバランスを調節するために建てられた相場である。

現代におけるドルと円、ユーロと円、ユーロとドルなどの為替、FX相場だと考えれば、わかりやすい。

ドルと円が、アメリカと日本の、景気の好不況の状態で、円が買われドルが売られて円高に、その逆のときは、円安になったりするのと、銭相場の様相は似ている。

当時、

〈上方の銀遣い、関東の金遣い〉

ということばがあった。

上方では銀貨、関東では金貨が中心に用いられている、ということを表したことばである。しかし、金貨や銀貨は庶民には、ほど遠い存在だった。町人や職人、農民は銭価を使って、日々の暮らしを支えていた。

銭相場の変動ぶりを、おおまかに述べると、

○元禄から享保（一六八八―一七三六）

金一両につき銭三から五貫文。

○元文から文化（一七三六―一八一八）

金一両につき銭五から七貫文。

○文政（一八一八）以降

金一両につき、つねに六貫文以上。

銭の相場は、銭相場の建方によって決められた。

銭相場が始まった頃は、六五五人の両替屋のうち、業界の大手ともいうべき取引組六十人が、相場の決定に参加できる建方に選ばれた。

その結果、ほかの両替屋は取引組を介してしか、銭売買ができなかった。

当然、取引組以外の両替屋からは不満が続出した。

公儀は、この不満をおさえるために、嘉永年間（一八四八—一八五四）に、江戸府内に、本両替町相場所のほかに浅草最寄・神田最寄、芝最寄、四谷最寄、日本橋から新橋、霊岸嶋最寄を所轄する京橋相場所など、七カ所の相場所を設けた。

以後、この七カ所の相場所の銭相場の平均値が、市中相場とされたのだった。

御先手弓頭であり、火付盗賊改方長官でもある長谷川平蔵宣以《のぶため》が、銭相場に精通していたことは、知る人ぞ知る事実である。

呉服問屋〈白木屋〉が覚えのために残した『古今記録帳』には、長谷川平蔵と銭相場にかかわるエピソードが記してある。

寛政三年正月晦日、平蔵は白木屋にたいし売り溜め銭を調達するように、内意をつたえた。

さらに平蔵は、二月二日に白木屋に銭相場引き上げの仕様書を示し、十七日に佃島の平蔵の役所に三千貫文を納入するように命じる。

納入された三千貫文は、すべて銭相場に投資された。

公儀は、平蔵の銭相場介入を後押ししていた。三月八日に老中、松平定信から一から二万両の真鍮銭買い上げが指示された、という記録が残されている。

寛政の改革にとりかかった松平定信が発した物価引下令を、より効率化するために行われたのが、長谷川平蔵による銭相場への介入である。

銭相場の高騰が、品物の価格の下落を招くことを狙って行われた銭相場への介入だが、結果的には、この施策は失敗に終わった。

『宇下人言《うげのひとごと》』は、松平定信の自叙伝である。その『宇下人言』で定信は、平蔵にやらせた銭相場への介入について反省している。

長谷川平蔵が銭を買い上げた結果、定信は世人の憎しみをかった、と記しているのだ。

人々は、

「銭は高くなったが、物価が下がったのは一時だけで、すぐ高くなって、そのまま物価は下がらなかった。銭相場は低いほうがましだ」

と評して、定信の失政をののしったという。

長谷川平蔵の家禄は四百石。

五百石以上を御歴々、三千石以上を大身と、旗本の身分の呼称は、禄高によって決まる。この区分けに当てはめると、長谷川平蔵は小身旗本ということになる。

小身旗本だった長谷川平蔵は、小身ゆえに、銭相場に公儀の金を使わざるを得なかった。

本作の主人公、早川右京亮は四千石の大身旗本である。銭相場に精通した用人の薫陶を受けながら、それなりの財力を有する右京亮が、

〈銭が銭を生む〉

銭相場で儲けた金を惜しみなく注ぎ込んで、この世の鬼ともいうべき悪人たちを、どんな手段で退治していくのか。

豪放磊落、いい加減にみえるが、その実、一本筋の通った気質の右京亮が、大胆不敵さを武器に、どういう動きをするか。

その展開を考えることを楽しんでいる自分に気づいて、著者自身、いささか途惑っている、この頃なのだ。

【参考文献】

『江戸生活事典』三田村鳶魚著　稲垣史生編　青蛙房
『時代風俗考証事典』林美一著　河出書房新社
『江戸町方の制度』石井良助編集　人物往来社
『図録　近世武士生活史入門事典』武士生活研究会編　柏書房
『図録　都市生活史事典』原田伴彦・芳賀登・森谷尅久・熊倉功夫編　柏書房
『時代考証事典』稲垣史生著　新人物往来社
『考証　江戸事典』南条範夫・村雨退二郎編　新人物往来社
『新版　江戸名所図会　～上・中・下～』鈴木棠三・朝倉治彦校註　角川書店
『武芸流派大事典』綿谷雪・山田忠史編　東京コピイ出版部
『図説　江戸町奉行所事典』笹間良彦著　柏書房
『江戸町づくし稿―上・中・下・別巻―』岸井良衞著　青蛙房
『江戸の銭と庶民の暮らし』吉原健一郎著　同成社
『嘉永・慶応　江戸切絵図』人文社

光文社文庫

文庫書下ろし／長編時代小説
盗《ぬす》人《つと》奉《ぶ》行《ぎよう》お助《たす》け組《ぐみ》
著　者　吉《よし》　田《だ》　雄《ゆう》　亮《すけ》

2013年1月20日　初版1刷発行

発行者　駒　井　　稔
印　刷　慶昌堂印刷
製　本　フォーネット社

発行所　株式会社　光　文　社
〒112-8011　東京都文京区音羽1-16-6
電話　(03)5395-8149　編　集　部
8113　書籍販売部
8125　業　務　部

ISBN978-4-334-76525-5　Printed in Japan

組版　萩原印刷

お願い　光文社文庫をお読みになって、いかがでございましたか。「読後の感想」を編集部あてに、ぜひお送りください。

　このほか光文社文庫では、どんな本をお読みになりましたか。これから、どういう本をご希望ですか。

　どの本も、誤植がないようつとめていますが、もしお気づきの点がございましたら、お教えください。ご職業、ご年齢などもお書きそえいただければ幸いです。当社の規定により本来の目的以外に使用せず、大切に扱わせていただきます。

光文社文庫編集部